20 Geschichten aus dem Kessel der Hexen

von
Missi St. Gabriel

1. Auflage

© 2016 M.G.St. / Missi St. Gabriel / Gabriele Steininger

Herstellung und Verlag: BoD – Books on Demand, Norderstedt

ISBN: 9783741289613

Inhalt

Die Geschichten aus den limitierten Büchern:

Hexenbesen Zauberkessel
7 Geschichten von Dunkel und Hell

Zauberbesen Hexenkessel
13 Geschichten aus dem Dunkel der Nacht

Hexenbesen Zauberkessel 7
Der Hexenkater 9
Xerxe – Ein Märchen über die Liebe 25
Würzburg 1628 33
Der Dämonenspiegel 39
Bergurlaub 51
Labyrinth 69
Des Teufels Sonntag 79

Zauberbesen Hexenkessel **85**
Der Märchen Wahrheit 88
Abkürzung 101
Hexenjagd 108
Abraxas 114
Was die Frau des Teufels frei hat 128
Ein seltsamer Verehrer 139
Ronjas Kobold 148
Der Schwarze Bote 159
Das letzte Paar Schuhe 162
Das Zauberbuch 168
Ein Haus mit Garten 203
Im dunklen Wald 215
Die Mühlenschenke 219

Zusätzlich aus den limitierten Auflagen

Zaubernächte 164
Dreizehn 239

Rechtliche Hinweise 241

Mehr Bücher von M.G.St. 242

Die Autorin 243

Hexenbesen, Zauberkessel

Kräutertopf und Ohrensessel.
Schwarze Katze liegt im Weg.
Flickenteppich, Irden Tiegel.
Spucke von 'nem toten Igel.
Ah da liegt mein Rosensteg.

Zettelwust mit fremden Worten.
Ein Rezept für Liebestorten.
Zauberstab aus Birnenbaum.
Eine Tasse kalter Kaffee.
Ich glaub nicht dass ich es schaffe.
Aufgeräumt bleibt wohl ein Traum.

Weste hängt am Hirschgeweih,
von den Dingern hatt' ich zwei.
Wo ist bloß das andre hin?
Die Agatha, eine Kröte,
singt das Lied der Morgenröte.
Sitzt in der Laterne drin.

Hier ein Glas voll Lorbeerblätter.
Eine Flasche Ethan-Äther.
Wachtelfeder ist verbogen.
Bella Donna auf dem Tisch,
die sind auch nicht mehr ganz frisch.
Stundenglas zerbricht am Boden.

Kristallkugel schnell aufs Kissen.
Wenn die zerbricht hab ich versch....
Das darf wirklich nicht passieren.
Sorgsam lege ich sie ab,
daneben lehnt mein Wanderstab.
Meine Kräfte zu verlieren.

Und mit einem Riesen Krach,
als das Bücherbrett zerbrach,
fällt auch noch der ganze Plunder.
Doch was kam dadurch hervor?
Die Hexentafel, die ich verlor.
Murmelglas verteilt sich munter.

Jetzt hab ich die Nase voll.
Nicht zu zaubern ist nicht toll.
Greife mir den Zauberstab.
Leises Flüstern, geheime Worte,
Alles suche seine Orte.

(Z) Sauber ist's wie ich es mag

Der Hexenkater

Eine Erbschaft mag so manchen erfreuen, da in den meisten Fällen dieser Einschnitt ins Leben die Hinterbliebenen aus einer prekären Situation erlöst. Sieht man sich die Fälle genauer an, so wird man erstaunt sein über den hohen Deckungsfaktor, der sich aus den verschiedenen Misslagen und den Sterbedaten der Erblasser ergibt. Dies ist keine Unterstellung für etwaiges Nachhelfen von gewissen Erben, auch wenn dies bei manchen Dahingeschiedenen der Fall gewesen sein könnte. Nein, was ich damit sagen will ist, die meisten alten Leute scheinen genau zu wissen, wann der beste Zeitpunkt für ihr Ableben gekommen ist, um ihren Lieben noch ein letztes Mal damit zu nutzen.
Doch so ein Fall geht auch mit der Trauer einher.
Ein nagendes Gefühl, welches einem die Kehle zuschnürt und die Schönheiten des Tages aus dem Leben reißt.
Doch jede Trauer geht vorüber, genau wie es das Leben tut und es wird leichter mit der Zeit. Auch Maria macht gerade diese Erfahrung, als sie sich stark genug sieht, ihr Erbe anzutreten. Als der erste Schock vorüber war.
Ein kleines Holzhäuschen am Waldesrand, mit einem hübschen aber ungepflegten Garten, in dem vorher ihre Großmutter gelebt hatte. Maria hat

schon lange keine Eltern mehr, Geschwister ihrer Mutter gibt es nicht, der Vater schon lange "verschollen". Eine ganz normale, neuzeitliche Familie eben, wie es sie zu tausenden auf der Welt gibt.
So fügt es sich, dass sie die einzige Erbin ist.
Lange Zeit hatte sie die Alte Frau schon nicht mehr gesehen. Das letzte Mal vor einem knappen Jahr, als sie in ein Altersheim verbracht wurde, weil sie sich nicht mehr hatte selbst verpflegen können. Die Nachricht über den Tod ihrer Oma hatte Marie erschüttert. Nicht alleine deswegen, weil sie die alte Frau geliebt hatte, war sie doch bei ihr aufgewachsen. Hauptsächlich, weil ihr in diesem Moment bewusst wurde, wie lange sie ihre Großmutter schon nicht mehr besucht hatte. Anfangs hatte sie sich vorgenommen jede Woche einmal bei ihr im Heim vorbei zu sehen. Doch man ist im Leben oft zu beschäftigt um sich an Dinge zu halten, die man sich selbst vornimmt. Meistens füllen die Aufgaben, die man von anderen auferlegt bekommt, schon die Zeit, die man eigentlich für sich selbst haben wollte.
Mit dem Schlüssel in der Hand, steht sie vor dem Gartentürchen. Es hängt nur noch in einer Angel und wird hauptsächlich von den Schlingpflanzen gehalten, die daran in die Höhe wachsen. Man kann nicht mit Bestimmtheit sagen, ob die Pflanzen nun das Türchen halten, oder anders herum. Maria hat einige Mühe es aufzuziehen, um über den mit

Terrassenplatten gelegten Weg zum Haus zu gelangen. Die Fugen sind voller Moos und Gras. Sogar durch die Ritzen des Verandabodens wachsen vereinzelt Gräser. Sie zögert noch einen Augenblick, bevor sie den Schlüssel in das Schloss steckt, ihn dreht und die Verriegelung mit einem leisen Klicken dem Druck nachgibt. Die letzten Worte der alten Frau kamen ihr in den Sinn.
"Dein Schicksal wird sich erfüllen Marie. Dann, wenn du wieder nach hause kommst."
Es ist seltsam. Dieses Gefühl, das sich gerade in ihr auszubreiten scheint. Beinahe erwartet sie ihre Großmutter zu sehen. In dem grünen Ohrensessel vor dem offenen Kamin sitzend, mit einer Tasse Tee und einem Buch oder ihrem Strickzeug. Der Raum ist unverändert. Die Schränke sind ausgeräumt, was ihre Oma mitnehmen konnte, das hat Marie ihr damals gebracht. Genau so hat sie ihn in Erinnerung. Eine dicke Staubschicht liegt auf den antik wirkenden Möbeln und bedeckt den Holzboden und die Teppiche. Es würde eine Menge Arbeit werden, bis sie hier einziehen konnte. Und das muss sie. Ihr Vermieter hatte ihr gekündigt und bisher konnte sie keine passende Wohnung für sich finden. Es ist nicht so, dass Maria zu hohe Ansprüche stellt. Der Markt ist im Moment einfach wie leer gefegt. Sie haderte einige Tage mit dem Gedanken, das Haus ihrer Oma zu beziehen, war dann doch zu dem Entschluss gekommen, es sei das Beste.

Maria kontrolliert das Licht und den Wasserhahn in der Küche. Die Stadtwerke haben Wort gehalten. Alles funktioniert. Sie blickt sich in dem verwinkelten Raum um.

Jetzt, da Staub und Spinnweben sich in den langen Regalen der hinteren Nische niedergelassen hatten, gleicht sie umso mehr einer Hexenküche. Die vielen Gläschen, Tiegelchen und Flaschen mit ihren handgeschriebenen Etiketten hatten schon in ihrer Jugend, in sauberem Zustand, einen seltsam verzauberten Eindruck hinterlassen. Bündel, mit getrockneten, ebenso verstaubten Kräutern, hängen an den Haken von der Decke. Maria kann sich ein Lächeln nicht verkneifen. Wie oft hatte sie als Kind hier gespielt, den Duft der Gebinde eingeatmet und mit geschlossenen Augen davon geträumt, durch einen Zauberwald zu laufen. Sprechende Tiere und fliegende Besen, ein Heidenspaß Dinge durch die Luft wirbeln zu lassen. Phantasien ihrer Kindheit drängen sich mit dem Anblick der Küche in ihr Bewusstsein. Aber auch eine andere Erinnerung hängt mit dem Duft zusammen.

Einsamkeit.

Die Kinder aus dem Dorf spielten nicht mit ihr. Nicht ein Freund, den sie zu sich nach hause hätte einladen können. Keiner wagte es, sich mit dem Mädchen anzufreunden, das bei der Hexe wohnte. Dieser Aberglaube bescherte Maria eine seltsame Kindheit, in der sie viel mit sich alleine war. Je mehr sie die Dorfkinder schnitten, umso intensiver versuchte ihre Großmutter diese Zurückweisung auszugleichen. Sie lehrte ihr viele Dinge über den Wald und die Kräuter. Wie man sie sammelte und aufbewahrte. Welche Dosierung man bei welcher Zubereitung verabreichen konnte und gegen was man die Gewächse einsetzten konnte. Dieses Wissen war noch tief in Marie verankert. Über die Jahre hatte sie nur nicht mehr daran gedacht. Wie ein Buch, welches in eine der vielen Ecken in ihrem Gedächtnis geschoben und dann vergessen wurde. Doch es war noch da. Jetzt, da sie sich inmitten all dieser Dinge befindet, fällt der Schleier von ihrer Erinnerung. Ein Singsang, den ihre Großmutter immer gesummt hatte, liegt ihr plötzlich auf der Zunge.

Ganz am Anfang eine Flasche,
darin wohnt die Grüne Fee.
Daneben Kräuter gegen Gicht,
Geißfuß, Ginster, Hasenklee.
Katzenschwanz und Teufelskralle,
Haselwurz bei Wassersucht
Auch bei ungewollten Kindern
oder wer den Freitod sucht.
Drachenkopf aus der Türkei,
beruhigend und verdauungsfördernd.
Melissenblätter, Lavendelblüte,
Müdigkeit wird eingefordert.
Krapp, die echte Färberröte,

gegen Harn und Nierenstein.
Erdrauch bei Melancholie,
dann wirst du wieder fröhlich sein.
Er hilft noch bei Gallenleiden,
Katzenpfötchenblüten auch.
Fieberklee hilft gegen Fieber.
Dort wo Feuer ist, ist Rauch.
Habichtskraut wird ausgegraben,
wenn am Himmel Vollmond steht.
In ein weißes Tuch geschlagen,
weil sonst die Zauberkraft vergeht.
Essigglas mit Engelwurz,
steigert deinen Appetit.
Herzgespann als Stärkungsmittel,
nehme ich ganz gerne mit.
Frauenmantel für die Tage,
an denen es mir schlechter geht.
Pestwurz hab ich auch zu hause,
wenn der Schmerz nicht wieder geht.
Natternkopf bei Schlangenbissen,
Pfefferminz bei Magen-Darm.
Augentrost bei Augenleiden,
Beinwell für den Bruch am Arm.
Huflattich bei Heiserkeit,
Gelber Hohlzahn für die Lunge.
Waldmeister für den Genuss,
dieser Trank schmeckt jeder Zunge.
Bella Donna, Zaubernuss,
Fuchs-Greiskraut und Kräutertee.
Hier bei mir findet sich vieles,

gegen Leid und Schmerz und Weh.
Giftig sind sie allesamt,
es kommt an auf die Dosierung.
Doch wer unseren Kodex lebt,
ist immun gegen Verführung.

Für einen kurzen Augenblick ist es, als würde sie die Melodie hören. Der Dachboden, denkt Marie mit einem Mal. Sie geht in die kleine Speisekammer, die an die Küche angrenzt. Nicht mehr, als ein mit Regalen gespickter Schlauch, der seinen Zweck erfüllt. Maria öffnet die Luke in der Decke und klappt die Leiter herunter. Noch mehr Staub wirbelt ihr entgegen. Hustend geht sie zwei Schritte zurück, bis sich die Wolken lichten. Erwartungsvoll steigt sie die Sprossen hoch und steckt den Kopf in den niedrigen Raum. Eine Truhe, in der mit Sicherheit Erinnerungen an vergangene Tage lagern steht an der linken Seite. Ein Tisch, zwei Stühle in der Mitte und kunterbunt darauf verteilt sämtliche Utensilien, die man zum Binden von Kräutern benötigt. Auch hier hängen noch einige Bündel ausgedorrter, mittlerweile blattloser Stiele an den Haken, die man nicht mehr verwenden kann. Fahl strahlt die Sonne durch die runden, fast blinden Scheiben an den Stirnseiten. Wenn man bedenkt, dass die Fläche des Bodens die Fläche des ganzen Hauses darstellt, wird einem erst bewusst, wie klein das Häuschen eigentlich sein muss. Maria klettert die Stiege wieder hinab und

verschließt die Luke. Hier unten wirkt alles etwas größer. Es ist seltsam, aber allein die Küche und die kleine Speisekammer scheinen schon die Fläche des Dachbodens zu haben. Sie schüttelt den Kopf. Es wird wohl an den verwinkelten Ecken der Räume liegen.
Ein Geräusch aus dem Wohnbereich lässt sie hochschrecken. ist hier außer ihr selbst doch noch jemand?? Aber wer? Vielleicht ein Landstreicher, der sich hier eingenistet hat? Nach der Schöpfkelle greifend, die zusammen mit einigen anderen Kochutensilien neben dem Herd hängt, schleicht sie vorsichtig zur Küchentür. Unsicher blickt sie um den Türpfosten in den Raum. Sie kann niemanden erkennen. Die Haustüre steht weit offen. Maria hat sie nicht geschlossen, als sie auf Entdeckungsreise gegangen war. Langsam durchschreitet sie den Raum. Ihr Blick fällt auf den Boden. Außer ihren eigenen Spuren zeichnen sich noch andere im Staub ab. Keine menschlichen. Vielleicht ein Marder, vermutet sie. Den Tappen folgend, die sie zum Ohrensessel führen, bleibt sie erstaunt vor dem Sitzmöbel stehen. Auf der Sitzfläche liegt Lu. Aber das kann nicht sein. Unmöglich kann es sich um jenen schwarzen Kater mit den gelben Augen handeln, den sie schon in ihrer Kindheit kannte.
"Lu?", entfährt es ihr ungläubig. Kurz öffnet das Fellbündel seine Augen um den Störenfried zu begutachten. Schwefelgelb blitzen die Augen in Marias Richtung. Nein, das kann nicht sein. Wenn

das Lu ist, dann wäre er jetzt weit über dreißig Jahre alt. Dieser Kater, der es sich vor ihr so bequem gemacht hat, er macht eher den Anschein drei oder vier zu sein. Sie spricht ihn noch einmal an und er reagierte wieder, dieses Mal mit einem genervt wirkendem Blick. Nun gut, denkt Maria. Es ist bestimmt nur ein Kater der so aussieht. Wenn er allerdings so auf diesen Namen reagiert, dann sollte er ab sofort auch so heißen.
"OK. Lu. Du kannst hier bleiben. Und ich werde dich auch füttern. Aber ich warne dich. Wenn du mir beim Einzug im Weg bist, oder mir meine Möbel zerkratzt, dann werfe ich dich raus." Unbeeindruckt bleibt Lu liegen und frönt seinem gerade begonnenen Schläfchen. Maria muss unwillkürlich über sich selbst lachen. Sie ist noch nicht einmal eine Stunde in diesem Haus, redet mit Katzen aus ihrer Kindheit und droht ihnen sogar sie hinauszuwerfen. Na das fängt ja gut an.
Ein Blick auf die Armbanduhr verrät ihr, dass sie jetzt langsam anfangen muss, wenn sie heute noch was schaffen wollte. Sie holt ihre Putzutensilien aus dem Auto und beginnt erst einmal in der Küche. Die Gläser leert sie im Garten, wäscht sie ab und verstaut sie in einem Karton auf dem Dachboden. Sie wischt die Regale sauber, nimmt die verstaubten Kräuter ab, wirft alles aus den Schränken, von dem sie denkt sie würde es nicht mehr brauchen und sitzt drei Stunden später in einer blitzenden, fast leer geräumten Küche. Stolz

betrachtet sie ihr Werk. Es ist bereits fünf Uhr Nachmittags und sie könnte jetzt eine gute Tasse Kaffee gebrauchen. Während sie einen Karton mit Kaffeemaschine, Filtern, Kaffee und Tassen aus dem Auto holt, hat sich Lu dazu entschlossen, ebenfalls die Küche zu inspizieren. Er sitzt erwartungsvoll an der Spüle und beobachtet Maria, wie sie die Umzugskiste auf den Tisch stellt.
"Na? Ausgeschlafen?" Wie um Antwort zu geben springt der schwarze Kater auf den Fliesenboden und streicht ihr um die Beine.
Marie bückt sich und streichelt ihn kurz. Dann packt sie aus und befüllt die Kaffeemaschine, die ihren Platz auf dem Schränkchen in der Ecke gefunden hat. Während der Kaffe in die Kanne läuft, holt sie aus dem Wagen noch einen Karton. Geschirr, Töpfe und Pfannen klimpern bei jedem Schritt. Es ist der letzte Karton den sie gepackt hat und bei dem ihr das Zeitungspapier ausgegangen war. Lu inspiziert den leeren Karton, in dem die Kaffeemaschine gesteckt hatte.
"Oh, Katze im Karton?", lacht Marie. Der Kater lugt heraus, sieht sie mit zur Seite gelegtem Kopf an, bevor er behäbig auf den Tisch steigt. Marie stellt ihre Last ab, greift ihn und hebt ihn auf den Boden.
"Nicht auf den Tisch!", sagt sie mit erhobenem Zeigefinger.
Während sie Kaffe trinkt, sitzt der Kater an der Tür und scheint sie zu beobachten, wie sie ihn beobachtet.

"Was bist du nur für eine seltsame Katze?", entfährt es ihr.
"Was bist du nur für eine seltsame Hexe?", erwidert Lu.
Marie stockt. Hatte der Kater gerade gesprochen?
"Hast du was gesagt?", fragt sie ihn deshalb.
"Miau", kommt die Antwort und Lu blickt sie unschuldig an.
Also doch nicht. Kann ja auch gar nicht sein, denkt sie. Eine Einbildung.
Sie schüttelt den Kopf und lacht über ihre eigene Dummheit. Natürlich hat der Kater nichts gesagt. Tiere können nicht sprechen. Also, können sie schon, aber nicht so. Marie macht sich auf den Weg das Schlafzimmer zu erkunden. Sie würde schon heute Nacht hier schlafen. Morgen Nachmittag wird der Lkw mit ihren restlichen Sachen kommen und bis dahin muss sie sich noch überlegen, was sie alles ausräumen und herrichten muss. Die Männer werden die alten Möbel mitnehmen und sie auch aus dem Haus tragen. Ihre eigenen, was nicht gerade viele sind, haben in dem kleinen Haus gut Platz. Marie richtet sich das Schlafzimmer her. Es ist nicht mehr viel von dem da, was ihre Großmutter einst besaß. Die Schränke und Kommoden sind leer. Sie schnappt sich das Putzzeug erneut und innerhalb einer Stunde ist auch dieser Raum von Staub befreit und kann genutzt werden. Lu hat sich wieder in den Ohrensessel verzogen und kommt erst wieder zum

Vorschein, als Marie sich etwas zu essen macht. Er springt auf den Tisch und schnuppert neugierig an der Wurstverpackung.

"Na?", sagt Marie, "Nicht auf den Tisch. Runter da." Widerwillig setzt Lu sich auf den Stuhl und lugt über die Kante. Marie öffnet die Packung und legt ihm eine Scheibe Bierschinken, in Stückchen geschnitten, auf einen Teller und stellt ihn auf den Boden. Lu bewegt sich keinen Millimeter.

"Was, du willst nichts?", meint Marie.

"Das ist nicht dein Ernst, dass ich auf dem Boden essen soll", murrt der Kater.

"Na aber sicher, du bist ein Kater", kontert Marie. Plötzlich erstarrte sie. Sie hat es ganz deutlich gehört. Diesmal gibt es keinen Zweifel. Der Kater sprach. Und sie selbst war wahrscheinlich verrückt geworden. Denn sie hatte ihm sogar Antwort gegeben.

"Bilde ich mir das ein, oder hast du gerade gesagt, du willst nicht am Boden essen?"

Lu sieht sie an.

"Siehst du hier außer uns beiden noch jemanden hier?" Der Kopf des Katers dreht sich leicht, als er sich umsieht.

"Die Katze spricht!", schrill kommen diese Worte aus Maries Mund.

"Ich bin keine Katze. Ich bin ein Kater. Aber das weißt du ja." Mit hochgezogenen Brauen sieht er Marie an, die wie im Schock, weiß wie die Wand und starr auf ihrem Stuhl sitzt. Es dauert eine

ganze Weile, bis sie sich wieder fängt, ihre Stimme wieder findet.
"Aber das ist nicht möglich?"
"Wenn du den Teller wieder auf den Tisch stellst, dann ist es schon möglich."
"Aber, das mein ich nicht. Du kannst nicht sprechen! Ich werde gerade verrückt!"
Ruckartig steht Marie auf und beginnt durch die Küche zu laufen, als wäre sie auf der Flucht. Hin und Her, Vor und Zurück. Immer wieder sieht sie zu Lu, schüttelt den Kopf, um dann weiter zu rotieren.
"Du bist wirklich eine seltsame Hexe", sagt Lu.
Ruckartig bleibt Marie stehen.
"Ich bin keine Hexe! Und du kannst nicht sprechen! Das ist alles nur ein Traum. Das ist alles nur ein Traum?", sie sieht zu Lu, als würde sie auf eine Bestätigung warten.
"Kann ich wenigstens den Teller mit Wurst haben? Ich meine, bevor du komplett durchdrehst?"
Verwirrt stellt Marie ihm den Teller auf den Tisch. Dann fängt sie wieder an in der Küche herumzulaufen. Sie kann jetzt einfach nicht stehen bleiben. Den Raum mit dem seltsamen Tier verlassen, kann sie aber auch nicht. Wer weiß schon, was so ein sprechender Kater anstellt, wenn er alleine ist.
"Meine Güte, setz dich endlich hin. Du machst mich ganz kirre." motzt Lu sie an. Marie bleibt wieder stehen. Die schwefelgelben Augen starren sie an.
"Sitz!", sagt Lu, als würde er den Befehl einem Hund geben. Marie starrt zurück.

Sie ist verrückt, irre, total meschugge. Eine andere Erklärung gibt es in diesem Moment nicht für sie. Vielleicht der Stress? Die Scheidung, die Beerdigung, der Umzug? Lu versucht sie mit hypnotischen Blick und einem weiteren "Sitz!" auf den Stuhl zu bewegen.
"Okay, ich bin verrückt", sagt Marie.
"Eigentlich bist du nur eine Hexe", meint Lu, der den letzten Geschmack der Wurst vom Teller leckt.
"Und du bist ein Kater der spricht und mir Befehle erteilt. Und der mir sagt, ich wäre eine Hexe", gibt Marie aufgebracht zurück.
"Einen Versuch war es wert." Lu leckt sich unbeteiligt über die Pfote.
Unruhig tigert sie wieder in der Küche herum und erntet dafür einen tiefen Seufzer. Schließlich schenkt sie sich noch eine Tasse Kaffee ein und setzt sich zu dem Kater an den Tisch.
"Na gut. Du kannst reden. Das ist nicht normal, aber ich nehme das jetzt einfach mal so hin." Maries Entschluss steht fest. Wenn sie schon wahnsinnig werden würde, dann nicht mit einem Nervenzusammenbruch. Obwohl sie befürchtet, dass genau das gerade passierte.
"Was bist du?", fragt sie den Kater, der damit beschäftigt ist, sich jetzt den Rest seines Fells zu putzen.
Verdutzte Augen sehen sie an.

"Ich bin Lu, der Kater", bekommt sie Antwort. "Du kennst mich doch noch?" Marie blickt ihn skeptisch an.
"Du willst mir jetzt nicht wirklich noch erzählen, dass du gut dreißig Jahre alt bist?"
"Nein, will ich nicht." Marie ist ein wenig erleichtert über diese Aussage. "Ich bin zweihundertdreiundfünfzig. Trotzdem danke, für so jung hat mich schon lange keiner mehr gehalten." Verlegen streicht Lu sich mit der Pfote die Schnurrhaare. Marie schlägt die Hände vors Gesicht. Irgendwie ist ihr das alles ein bisschen zuviel.
"Zweihundertdreiundfünfzig." murmelt sie ungläubig in die Handflächen hinein, bevor sie ihr Gesicht wieder freigeben. "Ich sitze hier mit einer zweihundertdreiundfünfzigjährigen Katze... Entschuldigung. Einem Kater", verbessert sie sich, "und unterhalte mich über Hexen."
"Nicht ganz. Wir unterhalten uns über dich. So ganz nebenbei hätte ich da noch eine Frage."
"Du hast eine Frage?" Marie lacht hysterisch und schrill auf. "Ich bekomme gerade einen Zusammenbruch und du hast eine Frage?"
"Ja, ich habe eine. Allerdings nur eine." Der Kater legt den Kopf auf den Tisch und sieht sie bittend an.
"Gut, welche Frage hast du?"
"Was machst du mit der Wurst?"
Diese Frage lässt Marie erstarren. Sie hatte sie schon so oft gehört. Wortlos schiebt sie dem Kater

die Fleischware über den Tisch hinweg zu, der sich sofort darüber hermacht. Erinnerung schlägt mit brachialer Gewalt an die Oberfläche ihres Bewusstseins. Wie in Trance geht sie zu dem alten Kamin im Wohnzimmer, klopft gegen den rötlichen Stein, der sich bereitwillig zur Seite schiebt und ein geheimes Fach an der Seite freigibt. Ihre Hände zittern, als ihre Finger den grün eingefärbten Wildledereinband des Buches in der Nische berühren. Sie nimmt es heraus und streicht zärtlich mit der Handfläche über das weiche Leder. Sie hält ihr wahres Erbe in den Händen. Ihre Wurzeln und damit alles was sie selbst je war und ist. Tränen laufen über ihre Wangen, als sie erkennt, dass sich ihr Schicksal in diesem Moment erfüllt.

Xerxe

(ein Märchen über die Liebe)

Es war einmal ein Hexenmeister, der hieß Xoroth Crow. Er war der mächtigste, bösartigste, dunkelste Herrscher des Landes Rocklar. Dieses Land bestand nur aus einem einzigen schwarzen Felsen, welcher hoch aus den tiefen Wassern des Schwarzen Sees ragte. Sein Heim war in diesen Fels geschlagen und stets prangte eine düstere Gewitterwolke über der Spitze des Steines. Kein bisschen Sonnenlicht durchfloss die gezackten Fenster seiner Felsburg und ein ewiger Schatten war auf das bisschen Land geworfen, welches ihn umgab. Dreizehn Raben waren die einzigen Vögel, die um die Spitze und in den Hallen flogen.
Tag und Nacht überlegte er, wie er sein Reich vergrößern könnte und entwarf die schwärzesten Pläne, die man sich nur vorstellen kann.
Seine Liebe hatte er vor langer Zeit selbst in einen Spiegel gebannt und sein Herz war kalt geworden. Es ging ihm gut in seiner Burg und er hätte friedlich und in aller Ruhe weiterhin noch bösartiger werden können, wenn es da nicht einen Fluch gegeben hätte. Ein Fluch, mit dem er einst belegt wurde, als er versucht hatte die Welt ins Dunkel zu ziehen und sie Untertan zu machen.

Dieser Fluch hieß Xerxe. Mit ihr war er an seine Burg gebunden und konnte sie nicht verlassen. Xerxe war ein Spiegelwesen. Doch sie war kein einfaches, so wie man sie aus vielen Geschichten kennt, die nur das zurückwerfen, was man selbst darstellt und die in jedem Spiegel leben. Xerxe zeigte das Gegenteil. War er wieder einmal wütend, weil sein Plan den Fels zu verlassen gescheitert war, so strich sie ihm sanft über seine langen, schwarzen Haare, was ihn beinahe noch wütender werden ließ und sie noch sanfter. All seine Kleidung war in dunklen Tönen, Xerxes waren hell und leuchtend. Seine Augen hatten eine tote graue Farbe, während die von ihr wechselten und mal blau, grün oder violett erstrahlten. Er war groß und kräftig, sie hingegen nur einen knappen halben Meter und von zierlicher Statur. Xerxe war immer dort, wo er sich gerade aufhielt. Wollte er alleine sein, so rückte sie noch ein Stück näher.
"Du bist eine Strafe!", schrie er sie an, als sie wieder einmal ganz dicht bei ihm stand. "Geh weg!" Xerxe lächelte und strich ihm sanft eine Strähne aus dem Gesicht. Sie sprach nicht, doch ihre Gesten sprachen mehr, als alle Worte dieser Welt je sagen konnten. Er hasste sie, hasste Andrill, die Zauberin, die ihm das angetan hatte.
Xerxe liebte ihren Meister. Anfangs hatte er versucht sie zu ignorieren. Doch das Spiegelwesen tat immer das Gegenteil, von dem, was er wollte und so schenkte sie ihm so viel Aufmerksamkeit,

dass es ihm nicht möglich war, sie nicht zu bemerken. Alle seine Versuche, sie loszuwerden scheiterten. Keine Tür konnte so verschlossen sein, kein Tor so verriegelt, dass sie nicht durch irgendeine Ritze zu ihm fand.
"Warum rede ich überhaupt mit dir? Du gibst ja doch nie Antwort." Er versuchte sie zu greifen und bekam nur Luft in die Finger. Missmutig wusch er sich die Paste von den Händen, von der er gehofft hatte, sie würde ihm das Fassen von Xerxe ermöglichen. Das Spiegelwesen lächelte ihn an. Mit sauberen Fingern ließ er sich entnervt auf seinen Thron fallen. Sein Gegenstück ließ sich neben ihm auf der Armlehne nieder.
"Ich habe alles versucht. Ich habe Tinkturen gebraut, Zauber gesprochen, Pasten gemischt, meine ganzen Vorräte an flüssiger Schlechtigkeit hineingemischt und du bist immer noch da. Seit Jahren muss ich dich ertragen. Und ich bin immer noch hier gefangen!" Er warf einen Stein, der auf der Lehne lag in die Halle. Die Raben, die dort saßen, stoben aufgeregt davon. Xerxe sprang auf und holte ihn zurück, um ihn wieder an seinen Platz zu legen. Irgendwie muss ich versuchen, dieses Wesen dazu zu bringen, mich zu verlassen, dachte er. Doch das war nicht so einfach, da sie immer das Gegenteil von dem tat, was er wollte. Ich müsste wollen, dass sie für immer hier bleibt, schoss ihm der Gedanke durch den Kopf. Das war

der Schlüssel, den er in all den Jahren nicht erkannt hatte.
"Weiß du was? Ich möchte, dass du bei mir bleibst. Für immer und ewig", sagte er listig. Doch Xerxe lachte ihn nur aus, denn es entsprach nicht der Wahrheit. Es war ein schwacher Versuch gewesen.
Xoroth schritt durch die Halle zu seinem Bücherraum. Tausende Bücher mit den schrecklichsten Zaubern und Rezepten für Gebräue standen dort aufgereiht. Spinnweben hingen in den Ecken und die widerlichsten, fetten Arachnen ließen sich von der Decke herab, oder saßen mit ihren haarigen Beinen in ihren Netzen. Er schwang seinen Zauberstab, der aus einer Mooreiche gefertigt war und hoffte auf ein Ergebnis.
"Spiegelwesen", sprach er dabei. Staub fing an zu rieseln, Regale bebten und zwanzig Bücher befreiten sich aus ihren Ruheorten, schwebten auf ihn zu, um dann krachend auf den großen Tisch in der Mitte zu fallen. Hustend wedelte er den entstandenen Staubnebel aus seinem Gesicht. Xerxe beobachtete das Treiben ihres Meisters auf einem der Regale sitzend. Mit einem Fingerschnippen befahl er einem der Stühle in dem Raum sich zum Tisch zu bewegen. Er setzte sich und begann die brüchigen Seiten des ersten Buches aufzuschlagen. >Spiegelwesen und wie man sie fängt< stand in uralten Schriftzeichen darauf. Xerxe verließ kurz den Raum und tauchte mit einem Glas Blutwein wieder auf, um es vor ihm hinzustellen.

"Ich will jetzt keinen Blutwein", fauchte er sie an. Blutwein war das Letzte, was er jetzt wollte und das war der Grund, warum sie ihn gebracht hatte. Er wollte sie loswerden und das so schnell wie möglich, weshalb sie sich einen Stuhl holte und sich dicht neben ihn setzte. Zorn stieg in ihm hoch. Xerxe streichelte seine Wange und gab ihm einen Kuss darauf. Angestrengt versuchte er das Gefühl zu unterdrücken und konzentrierte sich wieder auf die Seiten im Buch. Verführerisch zog der Duft des Blutweins in seine Nase. Noch vor einem Jahr hätte er das Glas an die Wand geschmettert. In letzter Zeit waren diese Ausbrüche aber zurückgegangen und er hatte sogar heimlich über Xerxes Bemühungen geschmunzelt. Eine ganze Nacht lang las er in den Büchern, ohne eine Lösung für sein Problem zu finden und das Spiegelwesen war die ganze Zeit nicht mehr als einen Meter von seiner Seite gewichen. Erst in den frühen Morgenstunden klappte er das letzte Zauberbuch enttäuscht zu.
"Ich werde jetzt schlafen", sagte er zu ihr. "Das sind die einzigen Stunden, in denen ich Ruhe habe vor dir." Xerxe hüpfte freudig neben ihm her. Sie legte sich zu ihm ins Bett und deckte ihn zu. In den folgenden Wochen holte Xoroth sich jedes Buch von den Regalen, von dem er sich auch nur den geringsten Hinweis versprach. Darunter waren Exemplare, die noch seiner Mutter gehörten und die sich mit Liebestränken und Wohlelixieren beschäftigten. Xerxe tat wie immer das Gegenteil

von dem, was er wollte. Sie brachte ihm Essen, streichelte sein Haar, küsste seine Wange und stellte immer wieder die Bücher zurück in die Regale, an denen er besonders intensiv arbeitete. Er fluchte immer seltener, wenn sie tat, was sie tat. Als sie eines der Werke zum x-ten Mal wieder zurückgestellt hatte, musste Xoroth lachen. Es hörte sich seltsam an, denn er hatte es seit hundert Jahren nicht mehr getan. Der Laut schallte von den Felswänden seiner Burg zurück und reizte ihn noch mehr zu lachen. Dabei bemerkte er nicht, wie Xerxe immer durchsichtiger wurde. Ihre Gestalt verblasste und plötzlich war sie verschwunden. Der Hexenmeister wischte sich die Tränen aus den Augen und hielt sich den schmerzenden Bauch. Erst als er sich beruhigt hatte, stellte er ihr Verschwinden fest.
"Xerxe?", fragte er in den leeren Raum. "Xerxe, wo bist du? Komm wieder her." Xerxe kam nicht. Sie tauchte nicht auf. Er fing an durch die Burg zu gehen und sie zu suchen doch er fand sie nicht. Rötlicher Schimmer drang durch die Fenster der großen Halle, als er seine Suche aufgebend auf dem Thron platz nahm. Wie Schuppen fiel es ihm von den Augen. Er wollte, dass sie hier war. Er hätte tanzen müssen vor Glück, denn das bedeutete das Ende des Fluches. Stattdessen zog sich ein Schmerz durch seine Mitte. Ein Pochen war plötzlich in seiner Brust zu spüren. Sein Herz, das vor langer Zeit aufgehört hatte zu schlagen,

begann sich wieder zu bewegen. Langsam wurde ihm bewusst, dass er nie mehr dieses Lächeln, diese strahlenden Augen sehen würde. Keinen Kuss, kein sanftes Streicheln über sein Haar von ihr, würde er jemals wieder spüren. Er erinnerte sich, dass dieses Gefühl als Liebe bezeichnet wurde. Vor langer Zeit hatte er schon einmal geliebt. Lange bevor sein Herz erkaltet war, bevor er zu dem wurde, was er war. Traurig schritt er durch die Burg. Jetzt wo er frei war, wollte er es nicht sein. Was hatte es für einen Sinn, wenn sie nicht dabei sein würde? Der Schmerz in seinem Herzen wurde jeden Tag größer. Sogar die Raben hatten Mitleid mit ihm und einer von ihnen flog zu Andrill um ihr zu berichten. Doch sie wusste es bereits. Xerxe, die bei der Zauberin im Spiegel saß, weinte bitterlich und war traurig. Sie war nun nicht mehr das Gegenteil des Hexenmeisters. Jetzt, da er sich gewandelt hatte, zeigte auch sie nur das Spiegelbild ihres Herren. Andrill nahm den Spiegel und machte sich auf den Weg zum dunklen Felsen. Ihr Besen flog schnell und als sie bei Xoroth Crow ankam, fand sie ihn blass und kraftlos mit Tränen in den Augen.
"Was willst du hier?", fragte er die Zauberin.
"Ich möchte dir etwas zurückgeben, was du selbst gefunden hast."
"Ich weiß nicht, wovon du redest." Andrill stellte den Spiegel vor ihn. Als er hineinblickte, sah er sein Spiegelbild.

"Was soll ich mit einem Spiegel?", fragte er.
"Sieh mit dem Herzen. Sieh hinein und wenn du wahrlich die Liebe gefunden hast, die du einst verlorst, dann wird sie für dich sein." Der Hexenmeister stand vor dem Spiegel. "Xerxe", flüsterte er und neue Tränen schossen in seine Augen. Er berührte die glatte Oberfläche.
Mit einem Krachen zersprang der Spiegel und vor ihm stand eine junge Frau. Als er in ihre Augen blickte, erkannte er seine Liebste, die er selbst in einen Spiegel gebannt hatte. Ihre Augen funkelten blau, grün und violett, sie strich über sein schwarzes Haar und küsste seine Wange als er sie in die Arme schloss.

Würzburg 1628

Ich bin zu früh. Ich bin meistens zu früh, wenn ich mich mit "Ihnen" verabrede. Aber das macht nichts. Der kleine Platz auf dem ich warte, bietet eine wundervolle Aussicht. Besonders an Abenden wie diesem. Es ist das letzte Mal, das ich diesen Anblick genießen werde.
Die Sonne selbst ist nicht mehr zu sehen. Ihr gigantisches Farbenspiel leuchtet rotorange und violett am Horizont. Erste Nebel steigen auf, wabern durch die Bäume die Hügel herab. Nicht mehr lange und von dem Ort in der Ferne wird man nur noch vereinzelte Lichtpunkte erkennen.
Ich liebe den Abendnebel. Die Menschen dort fürchten ihn. Hexennebel, Höllendunst, Albandin, die weiße Hexe wird er genannt. Wässrige Diamanten, die im Mondlicht blitzen, verteilt sie mit ihrem weißen Gewand auf den Wiesen. Wenn sie dich küsst, so heißt es, versinkst du in ewigen Schlaf. Nichts, als ein Tautropfen auf deinen Lippen, wird ihre Schuld verraten. Mein Blick gleitet wieder zu den Hügeln. Im Zwielicht zeichnen sich vier Punkte ab. Schwarz, sich bewegend, kommen sie auf mich zu. Das Dunkel der Nacht hat noch nicht gesiegt, doch die Sterne sind schon zu erkennen. Ein roter Mond hängt zwischen ihnen. Blutmond, in einer Hexennacht.

Die Punkte am Himmel werden größer. Umrisse lassen Menschen erkennen. Ob man sie bemerkt? Ich hoffe nicht. Ich bete, dass auch meine Abwesenheit so lange wie möglich unentdeckt bleibt.
Meine Gedanken schweifen in die Vergangenheit. Marianne, arme, unschuldige Marianne. Eine Träne läuft heiß über meine kalten Wangen, fällt, und liegt wie Tau, wie Diamant, auf dem Moospolster zu meinen nackten Füßen. Ihr geschundener, fünfzehnjähriger Körper, Blutkrusten an jeder frei sichtbaren Hautstelle, die Kleider zerrissen. Sie war furchtbar zugerichtet. Hätten ihre Schlächter sie nicht an den Pfahl gebunden, sie wäre in sich zusammengesackt.
Es war eine dumme Idee gewesen, den Scheiterhaufen so nah bei den Häusern zu errichten. Der Gestank von verbranntem Fleisch sog sich tief in die Gassen und Mauern.
Beinahe kann ich noch ihre Schreie hören.
Nein, es ist nicht Mariannes Schreien. Es sind vier Stimmen, die abwechselnd schwatzen, lachen und lauter werden.
Unbefangen und unbedacht. Die Nacht trägt die hellen Stimmen weiter, als das Auge zu sehen vermag. Ärger steigt in mir hoch. Ärger und Zorn, über soviel Übermut und Dummheit.
Ich schließe die Augen und konzentriere mich auf die Frauen, die so sorglos in der Luft herumzual-

bern scheinen. Es wird still. Das Gelächter verstummt.

Meine Gedanken an sie waren eindeutig. Ich höre sie anders, als Menschen. Sie sind mit mir verbunden, so wie ich mit ihnen. Es ist eine Gabe, manchmal auch ein Fluch, den wir teilen.

Ich muss nicht fragen, wie es ihnen geht, denn ich weiß es bereits. Es sind keine Worte nötig um uns zu unterhalten. Es sind Gefühle, Ahnungen und einfaches, plötzliches Wissen über den anderen. Erinnerungen, die plötzlich da sind. So wie man seinen Körper fühlt oder weiß, wie man atmet.

So weiß ich, dass Lydia vorhin beinahe von ihrem Besen gefallen wäre, weil sie sich mit einer Eule über den Flugweg nicht einig wurde.

Wir sind Hexen. Doch wir sind nicht diese Art von Hexen, welche die Kirche vorgibt zu jagen und die in Wirklichkeit gar nicht existieren.

Katherina hat ihren Mann geliebt und sie liebt ihn immer noch. Es liegt nicht an ihr, dass die beiden keine Kinder hatten. Katherina hatte keine andere Wahl. So wie wir alle keine Wahl haben.

In Maries Dorf stehen sieben Scheiterhaufen. Die Gemeinden haben sich in eine Art Wettstreit gestachelt. An den Stammtischen sitzen die Männer und diskutieren darüber, welches Dorf die meisten Hexen vernichtet. Um sie zu vernichten, muss man sie aber erst einmal haben und woher nehmen, wenn nicht stehlen?

Nicht einer der Menschen, die brennen, verhört - gefoltert und misshandelt werden, ist wirklich eine Hexe oder ein Hexer. Nicht einer davon hat auch nur den Hauch von Zauber an sich. Nicht einer hat die Kräfte, die wir besitzen, und doch haben sie dem Teufel vertraut.
Darin liegt die Ironie.
Bevor die ersten Gerüchte bei uns ankamen, bevor der erste Scheiterhaufen brannte, glaubten wir nicht wirklich and den Teufel, den uns die Männer Gottes in so furchterregender Weise ausmalen ließen. Jetzt, da keine Woche mehr vergehen mag, in der nicht eine Frau oder ein Mann als Opfer in den Flammen ihr Leben lässt, jetzt wissen wir, es gibt ihn wirklich. Er versteckt sich nicht und doch, es vermögen viele nicht ihn zu sehen. Hörner oder einen Pferdefuß besitzt er nicht. Es ist auch nicht einer, es sind viele. Viel zu viele. In beinahe jeder Gemeinde, die ich kenne, sind sie zugegen.
Die Inquisitoren der Kirche. Die Richter, die das Urteil fällen, der Mob, der unberechenbar und willkürlich anschuldigt.
Der Mann, der mich taufte und mir die Beichte abnahm. Der Mann, der meine Ehe besiegelte und mit mir meinen Gatten zu Grabe getragen hat, meine Trauer mit mir teilte. Er ist ihr Handlanger geworden.
Unser Beschluss, den Zeitpunkt zu wählen, hatte das Frühjahr als Ergebnis.

Es ist März. Die Nächte werden noch kalt, doch die Tage sind schon warm. Ein guter Zeitpunkt um von vorne anzufangen.
Tief in den Wäldern liegt eine Hütte und wartet auf unsere Ankunft. Katherina meint, wir sind dort sicher. Es stimmt nicht ganz, was Katherina sagt. Wir wissen es, weil es ist wie atmen. In Zeiten wie diesen, ist niemand nirgendwo sicher. Trotzdem glauben wir es. Weil wir es glauben wollen.
Lydia reist hin und wieder zu ihren Verwandten. Ihr Fehlen wird erst sehr spät auffallen. Sie ist Witwe ohne Kinder, so wie ich und Katherina jetzt.
Bei Marie fügt sich der Wille ihres Vaters in unsere Pläne. Sie ist erst sechzehn. Sie ist nicht die erste, die sich durch Flucht einer Zwangsheirat entzieht.
Was Katherina und mich betrifft, wir werden einfach verschwinden. Niemand wird so schnell nach mir suchen. Zumindest hoffe ich das. Ich wohne abseits des Dorfes. Alleine der Umstand, Hebamme zu sein, macht mich verdächtig. Bisher wagte keiner mich als Hexe zu beschimpfen. Doch es würde passieren.
Wir alle haben uns vorbereitet, ein ganzes Jahr geplant, jeden Kreuzer, den wir entbehren konnten gespart.
Die Luft über mir gerät in Bewegung. Der Hauch streicht kalt über meine Haut. Mein Bündel haltend, schwinge ich mich auf meinen Besen. Ich schließe die Augen. Fliegen, denke ich und schon bin ich bei den anderen in der Luft, einer Zukunft

entgegenströmend, die ich nicht kenne, weil ich es so will.

Der Dämonenspiegel

Ein Spiegel ist nur so lange ein Spiegel, bis die Person darin sich lachend umdreht und weggeht. Du selbst starrst ungläubig auf das silbern hinterlegte Glas, weil du nicht im Stande bist zu erfassen was in diesem Augenblick geschieht. Wie ein Stillleben bleibt der Raum hinter dir als Bild in dem (heutzutage meist geschliffenen) Rahmen zurück.
Dann ist er eine Tür, ein Fenster, oder ein Durchgang, der dich wegbringen kann, wenn du den Mut aufbringst die verflüssigte, wabernde Oberfläche zu durchschreiten. Viele tauchen nur einen Finger hinein, betrachten angewidert wie das Silberglas ihn umschließt und kaugummigleich daran haften bleibt, sobald die Hand zurückgezogen wird. Mit spitzen Schreien und erschrockenen Gesichtern begleitet, schwappt es gallertartig in seinen Ursprung zurück.
Generell sind magische Spiegel ein guter Zugang in andere Dimensionswelten. Zeigen sie doch alles, was vor ihnen steht (auch wenn du es nicht bewusst wahrnimmst), wenn auch verkehrt herum. Die Tücken solcher Einrichtungsgegenstände liegen in ihrem Wesen selbst. Was in unserer Welt ein Spiegel ist, mag auf der anderen Seite nur ein leerer Bilderrahmen sein, durch den man bekannt-

lich unmöglich wieder zurückgelangt. Zudem führen sie in Welten, welche dunkle, unaussprechliche Orte bergen, an denen man sich lieber nicht aufhalten sollte, wenn man kein Dämon ist.

Gefangen in einer Dimension von der du nichts weißt, irrst du durch fremdes Land. Weder die Gebräuche noch die Sprache verstehend, verläufst du dich in Gassen der Verwirrtheit, staunst, schauderst, wunderst und fürchtest dich. Fraglich, ob du wieder einen Spiegel findest, der dich hinausbringt und wenn du einen gefunden hast, in welche Dimension er dich zu bringen vermag.

Weitaus zuverlässiger sind da schon Zauberschränke. Deren Türen lassen sich von zwei Seiten bedienen und wo ein Schrank in einem Raum befindlich ist, dort wird er auch auf der anderen Seite zu finden sein. Möglicherweise nicht immer an der gleichen Wand und anders aussehend. Auch Gemälde führen zurück, sofern eine Tür auf ihnen abgebildet ist. Sie sind so etwas wie universelle Einbahnstraßen zurück nach Hause.

Standuhren führen dich durch Tunnel. Besonders magische vermögen dich nicht nur durch Raum, sondern auch durch die Zeit zu führen. Den Schränken gemein haben sie die Eigenschaft dich wieder an den Ursprungspunkt zurückleiten zu können.

*Ich sage hier wohlweislich **können**. Denn wie jeder magische Gegenstand haben auch sie eine gewisse Magie in sich und somit auch ein be-*

stimmtes Eigenleben. Sicher würde ich nicht soweit gehen bei Schränken von einer eigenen Intelligenz zu sprechen. Bei Standuhren sind allerdings mehrere Fälle bekannt, in denen sich die Besitzer regelrecht in der Zeit verfangen haben.

Spiegel sind somit die gefährlichste Art durch die Welten zu reisen. Man kann einen Spiegel dazu bringen, einen an den Punkt zurückzuführen, von dem aus man gestartet ist. Allerdings ist das ein gefährliches Unterfangen
und man muss dazu zwingend das identische Gegenstück in der Welt, in der man sich gerade befindet, vor sich haben. Dazu bannt man ihn an diesen bestimmten Ort, oder sein Spiegelbild. Mächtige Zauber werden dazu benötigt, die nicht selten in die Tiefen der Schwarzmagischen Künste reichen.

Ungeschriebene Legenden, die man nur zu flüstern wagt, erzählen von einem solchen Spiegel, der einst in dieser Weise verzaubert wurde.

Erschaffen aus Bergkristall und rückseitig mit Gold überzogen, war er nie dazu gedacht ein Spiegelbild zu erzeugen. Dreizehn magische Zeichen wurden in die Ränder seines Glases geschliffen. Mannshoch stand er in einem Rahmen aus Ebenholz in der Halle des dunklen Magiers Vandracor. Mit glühenden Eisen eingebrannte Worte prangten verkohlt auf dem dunklen Holz. Mit der letzten aufsteigenden Rauchwolke dieser Prozedur war seine Bestimmung besiegelt.

Durch die dreizehn magischen Zeichen hatte sich das Kristall bereits mit dem Rahmen verbunden. Dieser war zu einem Teil des Spiegeltores geworden und so schrie das Glas seinen Schmerz über die Brandmarkung in die tiefen Hallen des Berges hinein. Du glaubst nicht, dass Spiegel schreien können? Oh doch. Und wenn sie es tun, dann wölbt sich ihr Glas in wilden Wellen und alle Lebewesen, die sich in ihrer Nähe befinden, winden sich unter den schrecklichen Lauten. Schmerz war die erste Empfindung des Dämonenspiegels.

Faciem portae quae pertingebat mundi daemoniorum
Tor zur Welt der Dämonen.

Dies war von da an sein Name.
Unter langen, dunklen Beschwörungen wurde der Spiegel in eine passende Nische des Mauerwerkes eingelassen. Dunkles Wurzelwerk schoss aus dem Rahmen hervor und verankerte sich an den Steinen. Hölzerne Stränge verflochten sich, wurden stärker und umgaben das Tor mit einem knorrigen Rahmen aus schwarzen Wurzeltentakeln.
Vandracor betrachtete sein Werk, als er es vollendet hatte. Zufrieden stand er mit verschränkten Armen vor ihm und sein hämisches Grinsen zog sich über die Mundwinkel hinaus bis zu seinen spitzen Ohren. Der dünne Geißenbart zitterte an seinem Kinn, als er anfing laut zu lachen.

Mit siebenfachem Bann belegte er das Dämonentor und fesselte es damit an ein Bild, welches in der Halle an der gegenüberliegenden Wand hing.
Magische Gegenstände aneinander zu binden ist nicht sehr ratsam. Es wäre, als würde man einen Wolf mit einer Ziege in einen Raum sperren. Man kann Glück haben und es geht für eine gewisse Zeit gut.
Der dunkle Magier benutzte den Spiegel sehr oft, um in die Welt der Dämonen zu gelangen. Dort hatte er sich mit der Zeit ein richtiges Geschäft aufgebaut. Jedes Mal kam er durch das Gemälde wieder zurück. Doch die Besuche hinterließen Spuren und so war sein Gesicht bald schon grau und alt. Ausgemergelter und dürrer erschien seine Gestalt nach jedem Ausflug hinter dem Rahmen. Er redete nicht viel mit dem Spiegel, nur was unbedingt sein musste. Manchmal trat er gegen den Rahmen, wenn eines seiner Geschäfte nicht so gelaufen war, wie er es sich vorgestellt hatte. Dann lief das Kristall des Dämonentores schwarz an und wurde fleckig vor Zorn. Mit jeder Goldblattschuppe konnte es das Gemälde mit der Tür lachen hören, denn ihm trat Vandracor nie gegen den Rahmen.
Es kam, wie es kommen musste. Die Verbindung der beiden magischen Pforten begann sich zu verschlechtern.
Als der dunkle Magier wieder einmal besonders zornig aus der Dämonenwelt zurückkam, trat er so fest gegen den Wurzelrahmen, dass diesem einer der schwarzen Tentakel brach. Sofort verfinsterte

sich das Glas und die Goldschicht lief schwarzgrün fleckig an. Schadenfrohes Kichern ertönte von der gegenüberliegenden Wand und das Dämonentor konnte nicht länger an sich halten. Gepeinigt streckte es sich, wurde in seiner Mitte flüssig und formte ein gläsernes Schwert mit einer glühenden Spitze. Zäh und langsam reckte es sich in die Richtung des Gemäldes. Die Ebenholzwurzeln bebten an dem Gemäuer. Reiben, Klirren und Knacken war zu vernehmen und schließlich erreichte die scharfe Schneide ihr Ziel. Mit dem Geräusch eines Reißverschlusses teilte sich die Leinwand und das Schwert schwappte zurück in den Spiegel. Drei tiefe Seufzer schwangen durch die Halle, als sich ein dicker, roter Farbtropfen aus der Wunde löste. Das Bild verrann und alle Farben flossen in eine einzige zusammen, um in einem Rinnsal zu entschwinden. Sanft glitt der Farbstrom über den Rahmen die Mauersteine entlang und versickerte zwischen den Steinfließen im Boden. Von dem Gemälde mit der Tür war nur eine schmutziggraue Leinwand im Rahmen zurückgeblieben.
"Was hast du getan!", brüllte der Magier das Dämonentor an. Außer sich vor Wut warf er das erstbeste Buch gegen den Spiegel. Es versank ein Stück in der goldenen Gallertmasse und wurde dann unwirsch von dem dunklen Möbel auf den Boden gespuckt.

"Es war einzigartig! Dieses Gemälde konnte von mir herbeigerufen werden!", fauchte Vandracor weiter. "Das wirst du mir büßen!" Ohne eine Antwort abzuwarten stapfte er aus der Halle. Sein weiter Mantel, der seit einiger Zeit noch weiter war als bereits zuvor, wallte hinter ihm her wie eine Fahne im Wind.

Der Spiegel wusste genau, was er getan hatte. Er hatte sich von dem Gemälde befreit und ganz nebenbei den unfreiwilligen Dienst zu seinem Herrn und Meister quittiert, denn auch er war einzigartig. Frei jedoch, wäre er erst, wenn ihn sein Meister eigenhändig aus der Verankerung lösen würde, in die er ihn selbst verbannt hatte.

Der dunkle Magier sann Tag und Nacht über eine Lösung seines Problems. Konnte er auch durch das Dämonentor in die Welt der Dämonen gelangen, so kam er doch nicht mehr zurück. Unzählige Dimensionen müsste er passieren, bevor er wieder in seiner eigenen Wirklichkeit angelangen würde. Er musste viele dunkle Bücher lesen, bis er schließlich einen Zauber entdeckte, der ihn aus seiner misslichen Lage helfen konnte. Der Spiegel musste auch für den Rückweg herhalten.

Die Zeremonie dauerte sieben Tage und sieben Nächte und verlangte ihm alles Können ab, das er im Stande war zu geben. Doch er schaffte es und zwang das Dämonentor in die Knie, indem er das Spiegelbild des magischen Gegenstandes in die Dämonenwelt bannte.

Dieses konnte nur geschehen, weil der Spiegel so einzigartig war, dass er in keiner anderen Welt bislang existierte.

Doch Vandracor hatte eines nicht bedacht. Sobald er selbst den Spiegel auf diese Weise nutzen konnte, konnten das auch die Dämonen. So begab es sich, dass des Magiers kleine Betrügereien schwere Folgen mit sich trugen. Immer wieder erhielt er Besuch von niederen Dämonen, welche mit seinen Geschäften nicht ganz glücklich waren und er war gezwungen sie zu vernichten.

Das hinterließ jedes Mal eine enorme Sauerei in der Halle. Man kann sich nicht vorstellen, wie extrem Dämonenschleim an Natursteinen haftet. Vor allem der, von den niedrigen Exemplaren. Manches Mal benötigte der Magier so starke Tinkturen, dass sogar die Steine für einige Stunden einfach unsichtbar wurden.

Das Verschwinden dieser Wesen blieb in der Dämonenwelt nicht unbemerkt. Rochkorrock, einer der mächtigeren Dämonen beobachtete das Geschehen eine ganze Weile, bis er sich aufmachte, den Grund zu erforschen. Der dunkle Magier saß an der Tafel in der Halle, als sich ein schreckliches Gepolter aus dem Spiegel erhob. Das Glas schien mitten im Rahmen zu schmelzen. Blasen bildeten sich und orange glühend floss es in alle Richtungen. Es kreischte vor Hitze und knackte, dehnte und wölbte sich weit in den Raum. Eine schreckliche Dämonenfratze drückte sich durch die Oberfläche in die Halle. Riesige gewundene Hörner stießen als erstes hervor. Dann folgte der Kopf, groß wie ein Fass, mit sechzehn schwarzen Augen über der warzigen Stirn verteilt. Vier starke Arme weiteten den Rahmen des Spiegels und schienen das gesamte Mauerwerk darum mitzudehnen, damit auch der Rest des Körpers durch ihn hindurchpasste. Rote Haut, auf der rußige Schuppen wie Schorf verteilt waren, zwei zackige, kotzegrüne Schwänze und lange, vor Dreck starre, schwarze Haare erschienen. Drei Meter groß, stand der Dämon vor dem gedeckten Tisch.

Ich muss dazu sagen, dass dieses Exemplar noch eines der ansehnlichsten war, die mir je unter die Augen gekommen ist. Bei Dämonen verhält sich die Schönheit nämlich zum Rang, den sie in ihrer Welt einnehmen. Dabei sind die Mächtigsten auch die Schönsten und jeder, dem schon ein Dämon der unteren Klassen begegnet ist, der wird dieses bestätigen.

Eine donnernde, tiefe Stimme schallte Vandracor, der mit erschrockenem Gesicht an der Tafel saß entgegen.

"Wo sind meine Diener, Zaubergesindel?" Der Magier kämpfte um seine Fassung, erlangte sie schließlich und sah dem Dämon fest in sein hässliches Antlitz.

"Welche Diener? Ich weiß nicht was du meinst."

"Du weißt sehr gut wovon ich rede!", schallte es ihm entgegen. Grünliche Spucke flog dem Grässlichen aus dem Mund und landete auf Vandracors Umhang. Angeekelt wischte er den

Dämonensabber mit seiner Serviette von der Schulter. Der Gestank, den der Besucher mit sich brachte verschlimmerte sich mit dessen Laune. War es Anfangs ein dampfiger Brandgeruch mit einer Spur Schwefel in der Kopfnote, so hatte er sich jetzt in einen penetranten Verwesungsgeruch verändert.

"Halte mich nicht zum Narren!" Rochkorrock fletschte die stecknadelspitzen Zähne, die sich in drei Reihen hintereinander aufgereiht bewegten. Schleimfäden zogen sich durch sein weit geöffnetes Maul, wenn er sprach.

"Hoher Herr, ich bin weitab davon sie zum Narren zu halten. Doch ich weiß wirklich nicht, was genau ihr Begehren ist, womit ich ihnen dienen kann."

"Das will ich dir sagen, du Wurm. Du wirst bis Mitternacht die Dämonen wieder herbeischaffen, oder ich werde diese Pforte für die Allerhöchsten offen halten, damit sie sich deiner Welt bemächtigen können! Dann wirst du selbst mein Diener werden und alle Lebewesen deiner Welt, die Diener meiner Herren."

Der Gestank wurde noch schlimmer und der Dämon drehte sich, um in dem Spiegel wieder zu verschwinden.

Der Geruch von verfaultem Gemüse hing noch in der Luft, als Vandracor begriff, was in einigen Stunden passieren würde. Unruhig und aufgebracht überlegte er, was er tun könne. Eine Stunde lang durchquerte er die Halle der Länge nach von

vorne nach hinten und wieder zurück. Plötzlich blieb er stehen und sah zum Spiegel.
Den Bann von ihm zu nehmen war unmöglich. Es war ein Zauber, der nicht mehr zurückgenommen werden konnte. Den Spiegel zu zerschlagen wäre auch keine Lösung, denn jeder einzelne Splitter würde weiterhin als Dämonentor funktionieren. Es gab nur eine einzige Lösung.
Er musste ihn mit der Spiegelseite nach unten, so tief wie es nur ginge in der Erde vergraben. Würden die Dämonen dann kommen, so würden sie unter Tonnen von Erde, unfähig sich zu bewegen feststecken. Das hieße auch, das Tor zur Welt der Dämonen wäre verloren. Doch diesen Preis musste er bezahlen, wollte er nicht, dass die ganze Welt in ein Dämonia verwandelt werden würde.
Schweren Herzens entfernte er die Verankerung des Spiegels und löste ihn mit Zauber aus seiner Mauernische. Ein Loch, so tief, dass man keinen Stein auf den Grund treffen hörte, wurde von ihm in den felsigen Grund seiner Festung gesprengt. Dort hinein legte er das Dämonentor mit der Spiegelseite nach unten. Erde, Steine und Geröll füllten die Öffnung und als er die letzte Schaufel Erde an ihren Platz gebracht hatte, schlug die Uhr Mitternacht. Mit kreidebleichem Gesicht stand der dunkle Magier über dem Spiegel. Der Untergrund begann leicht zu beben und zu zittern, doch es dauerte nicht lange, bis er sich wieder beruhigte. Hämisches Grinsen machte sich über Vandracors

Gesicht breit. Die Dämonenbrut würde nie und nimmer in diese Welt gelangen. Aus dem Grinsen wurde ein Lachen. Er stand auf dem Grab des Dämonenspiegels und lachte schallend in die Nacht hinein.
Ein Pulsieren drang durch die Erde zu seinen Füßen. Das Lachen verstummte und der dunkle Magier brach tot zusammen.

Dreitausend Jahre sind vergangen. Archäologen haben das Tor ausgegraben, sich über seine Unversehrtheit gefreut und über den Zweck eines goldenen Spiegels die Köpfe zerbrochen.
Die Dämonen versuchen schon lange nicht mehr durch das Spiegeltor zu gelangen. Sie haben andere Wege gesucht und auch gefunden. Manchmal sehe ich einen von ihnen, meistens kommt er in Gestalt eines Kindes. Ein kleiner Junge, der ein bisschen schmutzig wirkt und nicht gut riecht. Er betrachtet mich auffällig lange. Das, und seine gewundenen Hörner auf der warzigen Stirn mit den sechzehn Augen verraten ihn. Etwas, was nur ich sehe. Wenn wir alleine sind, redet er manchmal mit mir. Er versucht mich zu beschwören den Verbleib von Vandracor preiszugeben. Doch ich muss ihm nicht antworten. Ich bin ein freier Spiegel und ich entscheide wem ich sein eigenes Gesicht, oder das Antlitz ihm gegenüber zeige.

Bergurlaub

Als unsere Tochter Karin geboren wurde, fuhren wir nicht mehr in den Urlaub. Nicht, weil wir es uns finanziell nicht leisten konnten, sondern, weil ein Wanderurlaub, wie wir ihn vorher häufig gemacht hatten, mit einem Kinderwagen einfach kein Vergnügen war. Irgendwie bürgerte sich das – keinen Urlaub zu machen – in unser Leben ein, was mir nicht gefiel. Umso mehr packte mich die Sehnsucht, endlich wieder einmal einen Urlaub zu machen, als ich einen übersichtlichen Katalog über ein Hotel in den Alpen aus dem Briefkasten zog. Aus diesem Grund setzte ich meinem Mann das Messer auf die Brust und verlangte einen Bergurlaub von ihm.
Karin war inzwischen zehn und so wäre es auch mit Kind schon lange kein Grund mehr darauf zu verzichten.
Begeistert war er nicht, was ich nicht verstand, denn er hatte die Urlaube genauso genossen, wie ich. Zumindest hatte ich das die ganze Zeit gedacht. Es gab tagelange Diskussionen über das Für und Wieder, letzten Endes setzte ich aber dann doch meinen Kopf durch. Wenn auch nicht so, wie ich es mir gedacht hatte. Man arrangierte sich dann so, dass ich alleine fahren würde. Karl würde mit Karin zu meinen Eltern gehen. Vierzehn Tage.

Vierzehn Tage ohne Mann, ohne Kind, ohne Haushalt oder anderweitige Verpflichtung. Das schlechte Gewissen meiner Familie gegenüber wurde von der Freude auf die Berge überrollt. Ich würde fahren. Ich ganz alleine. Ein seltsames Gefühl machte sich in mir breit. Wann war ich das letzte Mal wirklich alleine wohin gefahren? Ich konnte die Frage nicht beantworten. Es musste Äonen her sein.

Mein Ziel stand fest. Jenes kleine Hotel, das sich im Prospekt eng in den Fels schmiegte, würde mein Domizil für zwei Wochen sein. Als ich den Informationskatalog durchblätterte, staunte ich über das vielfältige Angebot, welches ich nutzen konnte. Insgeheim überlegte ich, ob ich in diesem Urlaub überhaupt dazu kommen würde zu wandern, oder einfach im Wellnessstempel der Anlage versank.

Dann, endlich war es soweit. Schon als ich um elf Uhr auf dem Parkplatz ankam, sah ich, dass das Hotel hielt, was es auf dem Papier versprochen hatte. Der Abschied an der Autotür, bei dem mir die Tränen in den Augen standen, war vergessen, und eine unbändige Freude machte sich in mir breit.

Meinen Rollkoffer hinter mir herziehend, beschritt ich die große Eingangshalle. Schwere Ledersessel waren um kleine Marmortische gereiht, die dem Foyer mit dem wuchtigen, offenen Kamin eine urgemütliche Atmosphäre verliehen. Obwohl die Einrichtungsgegenstände die dunklen Farben des

Kolonialstils hatten, wirkte der Raum hell und freundlich. Rot, Braun, Schwarz waren die vorherrschenden Farben. Prunkvolle Kristallleuchter hingen von den hohen Gewölbedecken. Mahagonifarbene Vertäfelungen und sanfte Beleuchtung zierten die Rezeption. Schwarze Granitplatten thronten auf goldenen Kugeln auf dem Tresen. Edel wirkende Gemälde, teure Teppiche, Fresken an den Wänden der noch geschlossenen Bar. All das, und der wilde Duft von Veilchen und Lavendel, meinen Lieblingsblumen, umfing mich. Ich kam aus dem Staunen nicht mehr heraus.
Der Empfang war herzlich und ich musste nicht lange warten, bis jemand kam, der mir den Koffer abnehmend, den Weg auf mein Zimmer zeigte.
"Sind sie das erste Mal in unserem Haus Gast?", fragte der junge Mann, als er meinen Koffer im Zimmer abstellte, und ich auch hier nicht wusste, wo ich zuerst hinsehen sollte, so wundervoll war es eingerichtet.
"Ja. Es ist das erste Mal", erwiderte ich. Er lächelte mich an, informierte mich über die Essenszeiten, Wellnessangebote, den Empfang, der heute Abend gegeben würde, und wünschte mir noch einen wundervollen Aufenthalt, bevor er das Zimmer verließ.
Einen wundervollen Aufenthalt würde ich haben. Ich hatte ihn jetzt schon. Ein ovales Bett befand sich in der Mitte des Zimmers, das in weiß und gold

gehalten war. Leichte pastellfarbene Akzente setzten Kontraste, die im ganzen Zimmer verteilt waren. Der großzügige Raum war durchflutet mit Licht und auch hier roch es nach Veilchen und Lavendel. Schnell machte ich mich frisch um mit meinem sich meldenden Magen das Mittagsbuffet zu erkunden. Bei dem Gedanken fiel mir ein, dass ich überhaupt nicht wusste, wo der Speisesaal war. Egal. Ich würde an der Rezeption fragen. Fünf Minuten später befand ich mich wieder im Foyer und steuerte auf den Mann an der Rezeption zu. Bereitwillig und freundlich lächelnd wies er mir den Weg, rechts an der Theke vorbei, einen langen Gang entlang, der geradewegs zu den Speisesälen führen sollte. Mit der Überlegung, ob er sich wohl geirrt hatte, folgte ich dem beschriebenen Weg. Hatte das Hotel wirklich mehrere Speisesäle? Oder hatte ich es einfach nur falsch verstanden? Ich bog, dem langen Teppich folgend um die nächste Ecke und kam in eine Art kleine Halle, von der aus man wirklich in drei verschiedene Säle gelangen konnte. Da ich nicht wusste, welcher Saal für was stand, entschloss ich mich einfach in den in der Mitte zu treten. Einen Augenblick lang blieb ich fast regungslos stehen. Er war im gleichen Stil wie auch die Eingangshalle eingerichtet. Holz, Leder und Stein, die mit goldenen Elementen verziert und sanft beleuchtet eine heimliche Atmosphäre erzeugten. Das Buffet war grandios bestückt. Es gab beinahe nichts, was es nicht gab. Das Meiste

sah zwar etwas seltsam aus, und es hingen auch keine Schildchen daran, die beschrieben was es war, aber es sah lecker aus. Außer bei der Besucherzahl des Saales herrschte wirklich kein Mangel. Als ich mir den ersten Teller vom Buffet nahm, viel mir auf, wie wenig Menschen doch in diesem Raum saßen. Meine Wahl fiel auf einen Tisch an der Fensterfront des Raumes, von dem man eine wundervolle Aussicht hatte. Ich hatte gerade den Teller abgestellt, als einer der Kellner an meinen Tisch kam und mich nach der Getränkebestellung fragte. Ich bestellte mir ein Mineralwasser und erntete dafür einen verwirrten Blick, der mit einsetzendem Lächeln des Kellners verschwand, bevor sich dieser umdrehte um mir das Wasser zu besorgen. Es war anscheinend nicht üblich unter den sonstigen Gästen, Wasser zum Essen zu trinken. Wahrscheinlich hatte er einfach nur mit einer Bestellung wie Wein gerechnet. Mein Blick wanderte zu den wenigen besetzten Tischen und inspizierte die Gläser, die bei den Gästen standen. Roter und bernsteinfarbener Inhalt leuchtete im Licht der Lampen aus den Kelchen, den ich nur als alkoholhaltiges Getränk identifizierte.
Leise Musik war im Hintergrund zu vernehmen. Als eine Dame aufstand, um ihren Tisch zu verlassen, blieb sie bei einer anderen stehen und sie wechselten ein paar Worte, bevor sie endgültig den Raum verließ. Sie schritt an mir vorbei und lächelte

mich mit dem Kopf nickend an. Ich grüßte auf die Selbe Weise zurück. Die beiden schienen sich zu kennen. Auch die andere, die noch an ihrem Tisch saß, lächelte mir nickend zu. Der Kellner mit meinem Wasser riss mich aus dem seltsamen Gefühl, das sich gerade in mir breit machen wollte. Er stellte das Wasser in einem ähnlichen Kelch wie die anderen neben meinem Essen ab.
"Schmeckt es ihnen nicht?", erkundigte er sich. Ich glaubte Angst in seinen Augen zu erkennen. Sein Gesicht schien von einer Sekunde auf die andere sämtliche Farbe verloren zu haben.
Ich beeilte mich ihm zu sagen, dass alles in Ordnung sei und ich mit dem Essen nur auf mein Wasser gewartet hätte. Sofort entspannte sich sein Gesicht und bekam auch wieder etwas Farbe.
Er wünschte mir einen guten Appetit und zog sich wieder von meinem Tisch zurück um hinter dem Buffet in der Versenkung zu verschwinden.
Wovor hatte dieser Mann soviel Angst? Auch wenn mir das Essen nicht geschmeckt hätte, wäre das noch lange kein Beinbruch gewesen. Ich hätte mir jederzeit etwas anderes holen können. Ich nahm einen tiefen Schluck von dem Wasser, das herrlich kalt in meinem Mund perlte. Dann versuchte ich den Inhalt meines Tellers, von dem ich immer noch nicht wusste, was es eigentlich war.
Es schmeckte wundervoll. Das Fleisch schien vom Rind zu sein, die Soße wurde mit schwerem Rotwein abgeschmeckt. Ich entdeckte verschiede-

ne Kräuter am Geschmack und das Gemüse war einfach himmlisch. Ein Gericht, in das ich mich am liebsten hineingelegt hätte. Mit dem letzten Schluck, den ich aus dem Kelch nahm, stand auch mein Kellner wie aus dem Nichts an meinem Tisch und erkundigte sich, ob ich noch etwas zu trinken wolle. Ich bestellte einen Kaffee, der ihn genauso verwunderte, wie das Wasser, den er aber genauso kommentarlos besorgte.

Der Raum hatte sich nun vollends geleert und ich war nun der einzige Gast. Auch die Musik, die immer noch sanft tönte, konnte die Stille, die hier herrschte, nicht füllen. Das war es, was mich seit meiner Ankunft hier störte. Es war alles so still. Als wäre alles in Watte gepackt. Plötzlich erschien eine ältere Dame, die ein erstaunlich lebendiges Wesen an den Tag legte. Sie schritt nicht, sie schwebte nicht, sie lächelte nicht. Sie war lebendig und rauschte mit einem in schrillen Farben geschmücktem, weiten Strohhut und wehenden Gewändern in den gleichen Farben in den Saal. Bunte Federn wippten mit jeder Bewegung, die sie machte und ihr rundes Gesicht sah mich freundlich an, bevor sie sich mit einem Teller voll an meinen Tisch setzte.

"Dieser Platz ist doch noch frei? Nicht wahr? Schätzchen?", ohne eine Antwort abzuwarten plapperte sie munter drauf los.

"Ich finde ja, dass einfach zu wenig los ist hier. Es ist immer so langweilig hier. Trotzdem mache ich jedes Jahr hier meinen Urlaub. Ist das nicht sonderbar, meine Liebe?", und sie lachte.

"Sie sind das erste Mal hier, wie mir schein. Es ist mir gleich aufgefallen als ich sie gesehen habe. Alle, die das erste Mal hier sind wirken so, als ob sie nicht dazugehören würden, wissen sie?" Nein, ich wusste nicht, und ich wusste auch nicht wie ich wirkte, aber das konnte ich nicht sagen, denn sie wartete meine Antwort gar nicht erst ab.

"Sie müssen nichts sagen. Ich war auch so, als ich das erste Mal hier war. Es ist ein Erlebnis, das man nie wieder vergisst. Und auch, wenn einem die anderen seltsam pikiert vorkommen, so kommt man doch immer wieder hier her zurück. Es gehört einfach dazu. Wenn man so ist wie wir, dass man hier einmal im Jahr Station macht. Aber was erzähle ich denn? Sie haben ja wahrscheinlich noch gar keine Ahnung warum sie hier sind. Aber immerhin hat die Einladung sie erreicht. Nicht wahr?"

Ich verstand die Welt nicht mehr. Was um Himmels Willen redete die Frau? Welche Einladung? Und warum sollte ich nicht wissen warum ich hier war?

"Ich bin hier um zu wandern", gelang es mir den Redefluss der Dame zu unterbrechen.

Erstaunt sah sie mich an. Dann fing sie laut an zu lachen.

"Nein. Das sind sie nicht, meine Liebe." Sie lachte wieder. Erst jetzt kam ein Kellner und fragte sie nach ihren Wünschen, die Getränke betreffend.

"Das gleiche wie immer. Warum hat das so lange gedauert? Wollt ihr mich hier verdursten lassen?" Auch diesem Kellner fiel die Farbe aus dem Gesicht und auch in seinen Augen konnte ich Angst erkennen. Schnell machte er sich auf den Weg um meinem Gegenüber das Gewünschte zu bringen.
Sie lachte wieder. "Haben sie sein Gesicht gesehen?"
"Ja habe ich", erwiderte ich verwirrt, die leere Kaffeetasse auf dem Unterteller abstellend. Schon stand mein Kellner wieder neben dem Tisch und fragte nach meinen Wünschen. Ich bestellte mir noch eine Tasse Kaffee. Nicht weil ich ihn unbedingt gewollt hätte, sondern um etwas zu haben, woran ich mich ein wenig festhalten konnte. Das alles hier war sehr merkwürdig, dennoch hatte mich jetzt die Neugier gepackt und diese Frau hatte die Antworten auf all die Fragen, die sich in der letzten Stunde in meinen Kopf genistet hatten.
"Oh wie unhöflich von mir. Ich habe mich noch nicht einmal vorgestellt", sagte sie.
"Mein Name ist Walpurga. Ich komme aus dem Harz." Sie reichte mir die Hand über den Tisch. Jetzt erst fielen mir ihre langen Fingernägel auf. Ich reichte ihr auch meine Hand und stellte mich vor. Dabei entdeckte ich zwischen dem Blumen-Bänder-Farbenwust auf ihrem Strohhut einen kleinen blauen Vogel, und ich hätte schwören können, dass er mir zuzwinkerte, als ich meine Hand wieder zurückzog.

"Nun, Walpurga", nutzte ich die Sprachpause, von denen es bei ihr offensichtlich nicht allzu viele gab. "Sie sagen also, dass ich nicht zum Wandern hier bin. Jetzt frage ich mich, wozu ich dann hier sein sollte?"
"Schätzchen, das ist ganz einfach. Sie sind hier, um sich selbst zu finden. Und wenn sie ehrlich sind, dann wurde es auch höchste Zeit."
Selbstfindung war also des Rätsels Lösung. Diese Aussage beruhigte mich ein bisschen, und der Verdacht, mit einer vollkommen Verrückten am Tisch zu sitzen verschwand für einen Augenblick. Neben mir klapperte mein Kellner mit der Kaffeetasse und ich erschrak ein wenig, weil ich ihn nicht hatte kommen hören. Er entschuldigte sich sofort für seine Ungeschicklichkeit ein bisschen Kaffe über den Rand der Tasse geschwappt zu haben und bot mir sofort an, mir neuen zu bringen. Ich lehnte ab und wies ihn an die Tasse, einfach so wie sie war, auf den Tisch zu stellen. Wieder sah ich diesen Ausdruck, den ich nur als Angst deuten konnte. Auch Walpurga bekam ihr Getränk. Bernsteinfarben leuchtete es im Licht, welches durch das Fenster fiel.
"Das hat aber sehr lange gedauert mein Lieber. Das mir das nächstes Mal etwas schneller geht", tadelte sie ihn. Auch dieser entschuldigte sich tausendmal für seine Unzulänglichkeit und die beiden entfernten sich mit blassen Gesichtern.

"Ziemlich nervöses Personal hier", bemerkte ich, an meinem Kaffee nippend.
"Das liegt wohl an den Gästen. Man munkelt, sie könnten jemanden in einen Frosch verwandeln."
Entsetzt sah ich sie an. Dann musste ich lachen. Es war ein Scherz. Diese Frau wäre eine Bestbesetzung für Stand-Up-Comedy. Wir lachten beide.
"Warum hat hier eigentlich jeder Gast einen eigenen Kellner?", fragte ich immer noch lachend.
"Nun, es wäre doch wohl zuviel verlangt, wenn sich einer um mehr als einen Gast kümmern müsste."
Ich lachte wieder. Walpurga lachte dieses Mal nicht. Sie sah mich nur ein bisschen komisch an.
"Entschuldigen Sie bitte", sagte ich. "Es war nicht so gemeint."
"Nein, nein. Es ist schon in Ordnung. Sie verstehen das hier wahrscheinlich noch nicht alles. Es ist ja ihr erstes Mal hier. Und sie waren ja auch noch nicht auf dem Empfang."
"Was ist das eigentlich für ein Empfang?", fragte ich.
"Das werden Sie noch erfahren. Heute Abend ist es ja schließlich schon so weit. Ihr Kellner heißt übrigens Marcel. Legen sie sich am Nachmittag ein bisschen hin und ruhen sich aus. Sie müssen Marcel nur rufen, dann wird er für sie da sein. Er wird alles für Sie tun, egal was. Sie brauchen ein blaues Kleid für heute Abend. Er wird es ihnen besorgen."

Sie zwinkerte mir noch zu, leerte ihr Glas mit einem Zug, stand auf und ging.

Verwirrt blieb ich zurück. Ausruhen war gar keine schlechte Idee. Plötzlich spürte ich eine Müdigkeit, die ich sonst nicht kannte. "Marcel wird alles für sie tun, egal was", hallten die Worte in meinem Kopf. Gut, dachte ich, dann bring mich bitte in mein Zimmer Marcel, denn ich befürchte, dass ich es nicht mehr schaffe, bevor ich einschlafe.

Langsam erwachte ich aus einem seltsamen Traum, den ich hatte. Starke Männerarme trugen mich durch einen schier endlosen Gang, über breite Treppen und legten mich sanft auf ein ovales Bett in einem wundervollen Zimmer, das nach Veilchen und Lavendel duftete. Ein zwinkernder Vogel auf einem Strohhut hüpfte aufgeregt hin und her. "Steh auf, es ist Zeit, steh auf, es ist soweit!", zwitscherte er mir entgegen. Ein rundes freundliches Gesicht lachte. Das Lachen verwandelte sich in ein Pochen. Ich schlug die Augen auf. Das Pochen kam von der Tür.

"Gnädige Frau? Ihr Kleid ist da!", rief es durch das weiß lackierte Holz.

"Ja, kommen Sie herein", antwortete ich verschlafen. Die Tür ging auf, und mein Kellner aus dem Speisesaal trat mit einem dunkelblauen Ballkleid ein, das er an den Haken an der Schrankwand einhängte. Walpurga, fiel es mir plötzlich wieder ein. Der Traum, der lange Gang, die Treppen, Marcel, das alles war kein Traum gewesen.

Plötzlich war ich hellwach. Ich sah mir den jungen Mann an, das Kleid, wieder den Kellner.
"Ist etwas nicht zu Ihrer Zufriedenheit?", fragte er und drohte schon wieder die Farbe aus dem Gesicht zu verlieren.
"Nein, es ist alles in Ordnung", antwortete ich zaghaft. Marcel drehte sich, um mein Zimmer zu verlassen.
Ich rief ihn zurück. Unsicher blieb er in der Tür stehen und blickte mich an.
"Gnädige Frau?"
"Komm mal her", sagte ich mit einer Stimme, die mich selbst überraschte. Er trat erneut in das Zimmer und schloss hinter sich die Tür.
"Ich würde gerne wissen, was genau hier los ist?"
"Ich bin Ihr Kellner. Ihr Page. Wenn Sie irgendeinen Wunsch haben, werde ich ihn erfüllen", sagte er.
>Er wird alles für Sie tun, egal was<, dröhnte es in meinem Kopf.
"Jeden Wunsch?", fragte ich.
"Soweit es in meiner Macht steht, ja."
Das musste ich herausfinden. Was genau war hier los. Warum waren die Leute hier so seltsam? So furchtbar überfreundlich? Warum hatten sie solche Angst? War ich in einem normalen Hotel? – Nein. Mit absoluter Sicherheit nicht.
"Küss mich", forderte ich. Es war dreist von mir. Aber ich musste herausfinden, was hier gespielt wurde.

Marcel kam auf mich zu, umschlang mich mit seinen Armen und küsste mich. Dann entfernte er sich wieder und stand wie ein Soldat, den nächsten Befehl erwartend vor mir.
Ich war so verwirrt und überrumpelt, weil ich nicht damit gerechnet hatte, dass ich nicht wusste, was ich sagen sollte.
"Wann ist der Empfang?", fragte ich um irgendetwas zu sagen.
"In einer Stunde, Gnädige Frau." Seine Antwort verriet keinerlei Gefühlsregung. So, als wäre nichts geschehen.
"Gut", sagte ich. "Hol mich ab, wenn es soweit ist."
Er verbeugte sich und verließ den Raum.
Was war das? Verdammt noch mal Elenor, schimpfte ich mit mir selbst. Was hatte ich da gerade getan? Hatte ich ihn etwa auch noch zurückgeküsst? Wie konnte das nur geschehen? Ich bin doch glücklich mit Karl verheiratet. Und das schon seit über elf Jahren. Gut, es könnte besser laufen, aber das ist noch lange kein Grund einem wildfremden Mann zu befehlen, dass er dich küsst. Oh mein Gott, was rede ich da eigentlich?
Ich war komplett verwirrt.
Erst erneutes Pochen an meiner Zimmertür und die eindringliche Stimme von Walpurga rissen mich aus diesem unseligen Zustand.
"Schätzchen? Sind Sie schon umgezogen?", ohne eine Antwort abzuwarten, ging die Tür auf und die ältere Dame stand in meinem Zimmer.

"Oh mein Gott!", rief sie aus und klatschte begeistert in die Hände. Die Federn auf ihrem Hut wippten aufgeregt auf und nieder. "Das ist ja ein wahrer Traum von einem Kleid", stieß sie hervor und ging auf das Kleidungsstück zu. Sie hatte Recht. Das Kleid war perfekt. So als hätte ich es mir selbst ausgesucht.
"Ich kann mich noch gut an mein erstes Mal hier erinnern. Ich hatte auch ein schönes Kleid, allerdings kommt es bei weitem nicht an dieses hier heran. Marcel hat ganze Arbeit geleistet. Es muss einige Mühe gemacht haben, es zu besorgen. Schnell jetzt, schnell, ziehen sie es an, meine Liebe." Beinahe tanzend hob sie es vom Haken und schwebte damit auf mich zu.
"Ich, ich...", mehr brachte ich nicht heraus, bevor ich in Tränen ausbrach. Das war zuviel.
Walpurga setzte sich neben mich auf das Bett und legte ihren Arm um meine Schultern. Sie reichte mir ein sauberes Taschentuch und wartete, bis mein Schluchzen langsam verebbte.
"Es ist nicht einfach. Wir haben alle keine Wahl Schätzchen. Wir sind nun einmal, was wir sind."
"Aber ich habe ihn geküsst!", stieß ich hervor. "Ich liebe doch meinen Mann, was tu ich hier eigentlich, Walpurga?"
"Ja bist du denn immer noch nicht dahinter gekommen?", fragte sie ungläubig.
"Nein. Ich habe keine Ahnung. Die Menschen hier sind alle so seltsam. Extrem freundlich, sie haben

aber vor irgendetwas Angst. Wovor? Warum küsst mich ein Kellner, wenn ich es ihm sage? Wieso ist hier alles, als wäre es von Watte umgeben. Das ist doch nicht normal? Bin ich verrückt geworden?"
"Nein, du bist nicht verrückt. Du bist eine Hexe. Das ist alles. Es geht nicht darum, wie die Menschen hier sind. Schätzchen, es geht darum, wie du zu dir selbst bist. Du packst dich in Watte, damit du nicht sehen musst, wie um dich herum alles zerfällt. Marcel ist ein Spiegelwesen. Er zeigt dir, was in deinem Innersten ist. Deine eigenen Ängste, zum Beispiel einen Fehler zu machen. Aber auch deine Sehnsucht. Deine Wünsche." Sie lächelte mich wieder an.
Ich konnte nicht anders, ich musste auch lächeln.
"Diese Scherze sind gut", sagte ich.
"Das ist kein Scherz. Ich will dir jetzt mal etwas erklären. Eine Hexe ist sich nicht immer bewusst, dass sie eine Hexe ist. Die meisten leben ein ganz normales Leben und sie sind auch glücklich damit. Wenn sie aber nicht mehr glücklich sind, dann fangen sie an sich zu verändern. Sie brechen aus und tun Dinge, von denen sie nie geglaubt hätten, dass sie es tun würden. Du hast doch auch nicht geglaubt, dass du alleine reisen wirst, oder?"
Ich schüttelte den Kopf. Wie hatte ich gekämpft um einen gemeinsamen Urlaub. Doch ich bekam ihn nicht. Trotzdem wollte ich unbedingt in dieses Hotel. Andererseits wäre es mir egal gewesen

wohin die Reise gegangen wäre, wenn Karl sie nur mitgemacht hätte.
"Was hat es mit der Einladung auf sich?", fragte ich vorsichtig.
"Ah, der Katalog. Der Katalog ist nur ein Wegweiser. Jede Hexe bekommt in ihrem Leben einmal so einen Katalog. Dann muss sie sich entscheiden. Nimmt sie die Einladung an, oder bleibt sie in ihrem unglücklichen Leben. Elenor, du wolltest die Wahrheit finden. Die Wahrheit, über dich selbst. Die Hexe in dir hat angefangen zu kämpfen, als du sie begraben wolltest. Sie wollte raus, und so ein Energieausbruch bleibt nie lange unentdeckt. Du weißt, dass dein Leben, so wie es bisher war, nun zu Ende ist. Du hast es schon lange geahnt."

An diesem Abend wurde ich in einen Kreis aufgenommen, von dem ich nie geglaubt hatte, dass es ihn gibt. Selbst ein Teil davon zu sein, heißt nicht, dass man es deshalb sofort glauben kann. Meine Magie ist befreit, aus einem Käfig, in den ich selbst sie gesteckt hatte. Innerhalb einer Woche konnte ich sie anwenden. Marcel hat keine Angst mehr vor mir. Ich habe keine Angst mehr vor mir.
Ich habe noch viel über Hexen - über MICH erfahren. Es war nicht einfach, aber ich konnte es nach einiger Zeit akzeptieren, zu ihnen zu gehören. Auch wenn es mir nicht gefällt, weil es auch böse Hexen gibt.

Nach meiner Rückkehr habe ich herausgefunden, dass Karl seit einiger Zeit eine Affäre mit seiner Sekretärin hat. Kurz stand ich dem Wunsch nahe, ihn in einen Frosch zu verwandeln. Aber Froschzauber liegen mir nicht.

Labyrinth

Ein Geräusch weckt sie. Etwas, das sie aus ihrer Jugend kennt. Sie verbindet es mit dem Geruch von Pfeifentabak und dem Gefühl von Geborgenheit.
TICK
Eine Uhr, stellt sie fest. Langsam öffnet sie die Augen. Sie liegt in einem dunklen Raum. Sanftes Licht spielt an einer glänzenden, unebenen Wand.
TACK
Bleierne Schwere in ihren Gliedern hindert sie sich schnell zu bewegen. Sie gewinnt den Kampf gegen den eigenen Körper und richtet sich auf. Der Raum, in dem ihr Lager ist, stellt sich als Nische heraus.
TICK
Es wird für kurze Zeit dunkel. Licht bricht wieder durch den kantigen Bogen, der eine Art Tür darstellt. Tine steht auf. Sie wankt kurz, bevor sie sich an der Wand stützend fängt. Sie versucht sich zu erinnern, doch die Erinnerung lässt sie im Stich.
TACK
Dieses Geräusch. Dann wird es wieder dunkel. Lichtschein dringt erneut durch die Tür. Sie betrachtet sie genauer. Eigentlich ist es keine Tür. Es sieht aus, wie ein klaffender Riss. Tine tritt heran. Wirft einen Blick zurück in den Raum. Felle, Decken und Kissen liegen auf dem steinernen

Tisch an der Wand, auf dem sie gerade noch lag. Ihr Blick wandert durch die Wunde im Fels.
TICK
Sie setzt einen Fuß in den Gang. Weit kann sie nicht sehen. Finsternis verschluckt die Sicht. Noch ein Schritt. Leicht versetzt, an der gegenüberliegenden Wand des breiten Tunnels befindet sich ein Bogen. Durch ihn scheint das schwache Licht, welches sie gesehen hat.
TACK
Tine ist neugierig. Sie schleicht auf die riesenhafte Öffnung zu. Verwundert bleibt sie im Bogen stehen. Breites Gemäuer stützt den Felsen.
TICK
Das Geräusch hallt von den Steinen der schwarzen Felswand wider. Wie in Zeitlupe schwingt ein goldenes Sonnenpendel quer vor dem Tor, was das Lichtspiel verursacht.
TACK
Tine überlegt, ob sie aus der Dunkelheit in den Raum treten soll, der hinter dem Torbogen verborgen liegt.
TICK
Die goldene Sonne schwingt vor ihr. Leise rauscht die Luft an ihren Ohren. Ein Hauch der Zeit, der Atem der Ewigkeit, schießt es ihr durch den Kopf. Sie beeilt sich. Durch das Tor zu schreiten, bevor das Pendel wiederkehrt.
TACK

Sie steht auf den Stufen zu einer Halle aus Stein. Sanft weht der Luftzug ihre Haare über die Schulter nach vorne. Ein Geruch nach Gewürz und Tee steigt ihr in die Nase. Rechts von ihr brennt ein Feuer in einem wuchtigen, offenen Kamin. Der Sims ist mit Ranken verziert, die im flackernden Schein des Feuers lebendig wirken. Als würden sie wachsen, sich bewegen, und auch wieder nicht.
Massiv, als wäre er aus dem Boden gewachsen, steht ein hochlehniger Sessel davor. Die Flammen spiegeln sich im blank polierten Holz des kleinen Tischchens daneben. Ihr Blick schweift durch den Raum. Ihr gegenüber befindet sich eine dunkle Tür. Eisenbeschläge prangen darauf. Wie in einer Ritterburg, denkt sie und muss lächeln. Auf der linken Seite lagern unzählige Bücher auf morschen Brettern, die sich von dem Gewicht der Seiten bedenklich nach unten durchbiegen. Davor ein Tisch aus Balken. Aufgeschlagene Bücher liegen darauf und brennende, armdicke Kerzen spenden Licht. Neben dem Tor hängen Kräuter an Haken von der Wand und von der hohen Decke. Ein schmiedeeiserner Leuchter befindet sich in der Mitte des Raumes. Tine zählt die hohen Stumpenkerzen, die mit tanzenden Flämmchen ihr Licht verteilen. Es sind dreizehn. Ihr Blick gleitet wieder zurück. Sie erschrickt, als sie unerwartet einen Ärmel und eine Hand auf der Armlehne des Sessels sieht. Der ausgestreckte Zeigefinger ruft sie zu sich.

"Komm näher. Hab keine Angst." Es ist eine dunkle, volle Männerstimme, die ihr eine angenehme Gänsehaut verursacht. Tines Herz schlägt bis zum Hals, als sie der Aufforderung nachkommt. In dem Sessel sitzt ein junger Mann.
"Setz dich. Hier auf den Schemel", sagt er. Unschlüssig steht sie da. Es dauert einen Moment, bis sie sich auf dem barock wirkenden Hocker niederlässt. Kantige Züge zeichnen ein attraktives Gesicht. Seine Augen beobachten das Feuer. Tine ist gefangen von diesem Blick. Augen, so tief wie der Ozean, dunkel und hell zugleich, als würde man im Sternenhimmel versinken. Sie hatten alle Farben und doch keine, die sie benennen könnte. Sich stetig verändernd und trotzdem, es waren nur Augen.
"Wo bin ich?", fragt sie, immer noch gebannt. Sein Blick gleitet zu ihr.
"In Sicherheit."
"Wer bist du?", fragt sie weiter. Er sieht ihr tief in die Augen. Tine wird kurz schwindlig. Ein Gefühl der Schwerelosigkeit ergreift von ihr Besitz. Er lächelt sie an, streicht mit der Hand eine Haarsträhne aus ihrem Gesicht. Seine Fingerspitzen sind kalt, als sie ihre Haut berühren. Dann lehnt er sich wieder zurück und beobachtet weiter das Feuer. Sie ist verwirrt. Ich brauche Antworten, denkt sie.
"Bitte!", fleht sie. "Warum bin ich hier?"
"Weil ich dich geholt habe" lautet die Antwort. Sie kommt mit einer Endgültigkeit über seine schmalen

Lippen, die Tine einen kalten Schauer über den Rücken jagt.

"Warum hast du mich geholt?" Ihre Stimme zittert, als sie die Frage stellt. Sie ist sich nicht sicher, ob sie die Antwort überhaupt wissen will.

"Weil du mir gehörst." Seine Augen wandern wieder zu ihr. Er beobachtet, wie sie reagiert. Tine meint eine Spur Neugierde in ihnen zu entdecken.

"Ich gehöre dir?", fragt sie zögernd? Etwas schnürt ihr die Luft ab. Presst ihren Brustkorb von innen zusammen und zwingt ihre Lungen alle Luft auszustoßen, die sie hat. Er antwortet nicht auf diese Frage, sieht sie nur weiter an. Tränen schießen in Tines Augen. Mit Gewalt atmet sie ein. Versucht ihre Fassung zu behalten.

"Warum gehöre ich dir? Wie kommst du dazu?", stößt sie hervor. Es ist Wut, die in ihr hochsteigt. Wut und Zorn über ihre eigene Hilflosigkeit.

"Antworte mir!", schreit sie ihn an und spring auf. Sein Blick folgt ihr. Er lächelt. Sie geht einen Schritt auf ihn zu, packt ihn an den Oberarmen, um ihn zu schütteln. Stahlharte Muskeln spürt sie zwischen ihren Fingern. Erschrocken stolpert sie zurück und fällt über den Hocker, doch sie berührt den Boden nicht. Seine Arme umfangen sie, stellen sie wieder auf die Beine. Sanft hält er sie, bis sie das Gleichgewicht wieder gefunden hat.

"Du musst besser aufpassen, wo du hintrittst." Sein Atem streift ihr Gesicht, so nah ist er ihr. Sie drückt

ihn weg und er gibt sie frei. Wie konnte er nur so schnell bei ihr sein?
"Was bist du?", fragt sie ihn gereizt. "Der Teufel? Der Tod?" Er beginnt schallend zu lachen, während er zu einem kleinen Schrank bei den Bücherbrettern geht. Tine hat sie gesehen. Weiße, lange Eckzähne, die nicht aufgefallen wären, hätte sie ihn nicht zum Lachen gebracht. Er schüttelt den Kopf und lacht immer noch, jetzt still und verhalten, als er die Tür des Schränkchens aufmacht. Er holt eine Karraffe und zwei Gläser hervor und stellt sie auf den Tisch. Knarrend rastete die Tür wieder ein. Blutrote Flüssigkeit fließt aus dem Gefäß in eines der Gläser. Tine geht einen Schritt zurück und spürt die Kante des Kaminsimses an ihren Schulterblättern. Es war ein Albtraum. Eindeutig. Vampire gab es nicht. Sie würde aufwachen und alles wäre wieder wie früher. Wie früher. Wie war es nur früher. Sie konnte sich immer noch nicht erinnern. Sie wusste was Vampire waren, was der Teufel war und wie man Butterbrote schmierte. Doch jede Kenntnis über ihr bisheriges Leben lag in einer schwarzen Wolke begraben. Ihr Schritt an die Wand war ihm nicht entgangen. Er lächelte sie an, während er einen Schluck aus dem Glas nahm. Dann ging er mit dem Getränk wieder zu seinem Sessel. Nicht einen Augenblick ließ sie ihn aus den Augen.
"Ich weiß, was du bist", sagte sie.

"Ich weiß, dass du es nicht weißt", erwiderte er sichtlich amüsiert. Seine Finger spielten mit dem Rand der Kelchform. Diese Anziehungskraft, die von ihm ausging, obwohl alles in ihr "Alarm" schrie. Es war nicht normal.
"Du bist ein Vampir und du willst mich töten." Tines Stimme klingt gefasst.
"Du scheinst dir sicher zu sein mit dem Vampir", stellt er fest. Tine sieht ihn ungläubig an. Die Bezeichnung für einen Blutsauger schien ihn zu stören, der Verdacht, dass er sie töten wollte nicht. Sie fasst ihren Mut zusammen und geht an ihm vorbei in Richtung des Torbogens, über dem die große Uhr immer noch ihr Pendel schwingt. Sie passt den Moment ab, an dem sie hindurch kann und betritt den breiten Felsengang. Sein Gelächter folgt ihr durch den Fels.
TICK
Sie würde nicht warten, bis er Hunger bekam. Nach ein paar Metern steht sie in schwarzer Finsternis.
TACK
Das Geräusch fällt ihr wieder auf. Sie kann sich nicht erinnern, es in der Halle gehört zu haben. Sie tastet sich die Felswand entlang weiter in die Schwärze. Irgendwo muss dieser Tunnel hinführen, sagt sie in Gedanken zu sich selbst.
TICK
Sie sieht die Hand nicht mehr vor Augen. Der Fels gleitet mit jedem Schritt glatt und kalt unter ihren Fingern hinweg. Sein Lachen ist verstummt und

auch die Uhr ist nicht mehr zu hören. Warum verfolgt er mich nicht, fragt sie sich plötzlich. Es wäre ein Leichtes für ihn mich einzuholen. Tine bleibt stehen und lauscht. Nichts. Absolute Stille um sie herum. Vielleicht kann er den Raum nicht durch das Tor verlassen, vermutet sie. Nur ihr eigener Atem ist zu hören. Auf keinen Fall kehre ich um, sagt sie sich und geht vorsichtig weiter. Der Klang ihrer eigenen Schritte auf dem Felsweg und ihr Atmen sind die einzigen Begleiter. Es dauert eine ganze Weile, bis sie meint etwas zu sehen. Es sieht aus wie ein Licht. Ein Ausgang. Ihre Schritte werden schneller, soweit es die Dunkelheit um sie herum zulässt. Das Licht wächst und mit ihm die Hoffnung in ihrem Herzen. Ein Lächeln liegt auf ihren Lippen. Die Freiheit ist nahe.

TACK

Leise, ganz leise vernimmt sie es. Sie bleibt stehen. Lauscht, den Blick auf die Lichtquelle gerichtet. Sämtliche Farbe weicht aus ihrem Gesicht. Sie spürt wie das Blut aus ihren Zügen weicht.

TICK

>Nein! <, schreit es in ihr auf. Das durfte nicht wahr sein. Die Erkenntnis trifft sie wie ein Erdbeben. Er hatte sie nicht verfolgt, weil sie nicht entrinnen konnte. Weil sie früher oder später wieder genau an diesem Punkt landen würde. Wozu sollte er Kraft verschwenden, wenn er es nicht musste?

TACK

Tränen laufen über ihr Gesicht. Sie lehnt, auf dem Boden sitzend, mit dem Rücken an der Wand und ballt die Fäuste. Ihr Gesicht in der Armbeuge vergraben. Erschrocken, ihr eigenes Schluchzen als Widerhall von den Felswänden zu hören, hält sie inne. Sie will nicht, dass er sie weinen hört.
TICK
Ihr wird klar, dass sie ihm nicht entkommen kann. Er würde sie töten. Würde ihr Blut trinken und ihr Körper würde in irgendeinem Erdloch verfaulen und nie entdeckt werden. Wenn sie schon sterben sollte, dann wenigstens mit Würde.
Das Tick - Tack der Pendeluhr begleitet ihren Weg durch die Dunkelheit in ihr Schicksal. Er steht an dem Tisch, der aus Balken gemacht ist und schenkt sich nach. Ein Lächeln zieht sich über sein Gesicht, als sie wieder auf den Stufen steht.
"Komm zu mir", befiehlt er mit weicher Stimme. Sie gehorcht, bleibt vor ihm stehen und sieht ihm fest in die Augen.
"Wird es weh tun?", fragt sie. Seine Augen ziehen sie in seinen Bann. Seine Arme umfangen ihren Körper. Sie kann nicht mehr wegsehen.
"Nur wenn du dich wehrst", haucht er ihr ins Ohr. Ihre Nackenhaare stellen sich auf, leichte Schauer fließen über ihre Haut. Benommenheit ergreift von ihr Besitz. Sie schließt die Augen und fällt in seine Arme. Sein Kuss schmeckt süß, wie roter Wein. Ihr Herz schlägt schneller unter seinen Berührungen. Sie versinkt in schwarzen Wolken, die ihr die

Wahrheit zeigen. Plötzlich versteht sie, sieht sie, erinnert sie sich.
Der Fluch, mit dem sie sich selbst belegt hatte, hat sich erfüllt.
>Es müsste schon ein Hexenmeister sein, der mich in ein Labyrinth aus Zeit entführt, wenn ich mich je noch einmal verlieben sollte< So waren ihre Worte.
TICK
Das Geräusch dringt an ihr Ohr.
TACK
Schlagartig ist Tine wach. Sie reißt ihre Augen auf. Heller Sonnenschein strömt durch das Fenster und blendet sie. Hastig hüpft sie aus dem Bett und eilt ins Bad. Ihr Spiegelbild überrascht sie jeden Tag aufs Neue. Ihre langen, roten Haare fließen in glänzenden Wellen über ihre Schultern bis zu ihrer Hüfte. Ihr zarter Hals ist makellos. Moosgrüne Augen sehen ihr mit wachem Ausdruck entgegen. Noch jemand ist darin zu sehen. Ein Mann. Mit Augen wie der Sternenhimmel, dunkel und hell zugleich. Er lächelt, als er an sie herantritt. Sanft streicht er ihre Haare zur Seite und küsst sie auf den Hals. Und sie weiß, dass sie ihn lieben wird, solange sie lebt.

Des Teufels Sonntag

Der Teufel, so sagt man, habe einen Pferdefuß, zwei Hörner, drei goldene Haare, einen Eselschwanz und einen Spitzbart am Kinn. Das mit dem Bart stimmt. Den Rest könnt ihr allerdings vergessen. Ich muss es wissen, denn ich bin seine Frau. Eine Hexe - zweifelsohne, denn ein anderes Weibsstück würde es wohl kaum mit dem Teufel aushalten. Doch so schlimm wie er tut ist er nicht. Man könnte sagen, er ist besser als sein Ruf. Verträge die mit Blut unterzeichnet werden, gibt es schon seit ewigen Zeiten nicht mehr. Der Teufel ist darüber heilfroh, denn ihm wurde beim Anblick immer schlecht. Das darf aber keiner wissen. Sein Leumund wäre auf ewig dahin. Im Zeitalter der Technik ist dieser Papierkram auch nicht mehr zeitgemäß und seit die Papyrusrollen weggefallen sind ist Satan auch viel entspannter. Noch vor hundert Jahren wurde viel verschlampt und die Seelen befanden sich zum Teil schon im Himmel, ehe man die Schuldschriften gefunden hatte. Bei der unheimlichen Flut an schlechten Menschen auch kein Wunder. Zu dem Stress kam noch die Schelte vom Lieben Gott. Jeden zweiten Sonntag kommt er vorbei, um mit den anderen Karten zu spielen. Im Himmel darf er ja nicht, denn Kartenspiel und auch jedes andere Glücksspiel ist des Teufels.

"Luzifer, da ist dir letzte Woche wieder ein ganz schlimmer Finger durchgerutscht!", begann er dann, wenn er seine Karten in den göttlichen Händen fächerte.

"Bei dem Personal ist das auch kein Wunder." verteidigte sich der Teufel grummelnd.

Der Allmächtige beschwerte sich, Satan würde seine Arbeit nicht sachgemäß ausführen. Der Teufel lamentierte über die Unfähigkeit seiner Untergebenen und zu guter Letzt war der Tod an allem Schuld. Dieser erschien wie aufs Stichwort. Eine schmierige Rauchschwade, die sich durch die Ritzen der Tür drückte und lautlos über dem Boden bewegte, bis er sich in seine eigentliche Gestallt begab. Ein bleiches Lächeln in meine Richtung werfend, nickte er mir zu.

"He! Die Sense bleibt draußen!", fauchte Luzifer ihn an. "Ich will nicht, dass du mir hier eine Sauerei machst. Die Hölle ist sowieso mit Unfähigen unterbesetzt."

"Das Schlimmste was dir passieren könnte ist, dass du im Himmel landest." entgegnete der Tod gelassen.

"Gott bewahre!", entfuhr es dem Dreifaltigen und dem Fürst der Hölle gleichzeitig. Wenn der Tod den Teufel an die Wand malte, dann waren sich Himmel und Hölle einig. Der alte Gevatter lehnte seine

Sense an die Wand und sah mich wohlwollend zwinkernd an.
"Pass auf, dass du dich nicht schneidest mein Kind. Das könnte tödlich enden."
"Ich weiß, möchtest du auch einen Kaffee?", fragte ich und zwinkerte zurück.
Er nickte, dann klapperte er mit seinen Knochen zum Tisch, wo die Karten für ihn schon bereit lagen.
"Wo bleibt eigentlich der Sohn Gottes?", wollte Satan wissen.
"Ach, er lässt sich entschuldigen. Er wandert mit Maria Magdalena auf der Milchstraße."
"Pass auf, Gott. Der landet auch noch bei mir. Das Luder ist schon eine Sünde wert." scherzte der Teufel.
"Nur weil du immer an das eine denkst, müssen andere das nicht auch tun." belehrte ihn der Allmächtige. "Er ist ein guter Junge. Der tut so etwas nicht." setzte er ein bisschen beleidigt hinzu.
"Vielleicht ist er auch einfach schon zu alt mit seinen rund zweitausend Jahren." murmelte Luzifer.
"Du musst aber zugeben, sie hat ein Lächeln das Tote aufwecken könnte." warf Gevatter Tod in das Gespräch ein, um Gott von der letzten Bemerkung des Teufels abzulenken. Luzifer begann laut zu lachen.
"Also keine Frau für dich, alter Knochen. Sie würde dir das ganze Geschäft kaputt machen." Der Tod

verlor ein wenig von seiner Blässe und funkelte den Teufel zornig an.

"Schluss jetzt. Es ist schlimm genug, dass uns der vierte Mann fehlt. Tu endlich etwas, das du kannst und spiel."

Sie fingen an und ich brachte den Kaffee. Heiß und dampfend stieg der Duft aus den Bechern. Als das fünfte Ass in die Runde geworfen wurde warf Gott seine Karten wütend auf den Tisch.

"Verdammt, Luzifer! Du bescheißt schon wieder!"

Der Teufel sah ihn unschuldig an und zuckte mit den Achseln.

"Was erwartest du? Er ist der Teufel." sagte der Tod.

"Das Spiel zählt nicht!", forderte Gott und pochte mit dem Zeigefinger auf die Tischplatte.

"Gut, fangen wir noch einmal von vorne an." willigte Satan breit grinsend ein. "Ich würde ja das Schummeln lassen, wenn es um etwas gehen würde. So ganz ohne Einsatz ist es aber der einzige Spaß, den ich dabei habe."

"Satanas, Satanas." tadelte der Liebe Gott und schüttelte dabei bedenklich den Kopf. "Wie ich dich kenne, willst du wieder um die Seele spielen."

"Der Einsatz ist nicht gerecht." warf der Tod ein. "Der Teufel hat keine Seele und selbst wenn er verliert, dann kann er nicht bezahlen."

"Es wäre doch nur pro Forma." grinste Luzifer.

"Ein pro Forma gibt es in der Hölle nicht." sagte der Liebe Gott. "Lasst uns um etwas anderes spielen."

"Gut." meinte der Teufel. "Mach einen Vorschlag."
"Warum spielen wir nicht um ein Glas Bier?"
Sie waren mit dem Einsatz alle einverstanden. Wer gewann sollte von dem Verlierer ein Glas Bier bekommen, unter der Voraussetzung, er müsse es auch trinken.
"Ich bin zwar nicht gerade für Alkohol, immerhin hat er schon so manchen ins Grab gebracht" sagte der Tod, "aber es ist wirklich höllisch heiß hier und der Kaffee wird auch nicht kälter."
"Das ist einer der Vorteile, wenn man in der Hölle wohnt." grinste der Teufel.
Es wurde ein hartes Spiel, doch der Teufel verlor. Triumphierend lehnte sich der Allmächtige in seinem Stuhl zurück.
"Wo ist mein Gewinn?"
"Kommt sofort." grinste Luzifer und erhob sich höchstpersönlich auf die Erde, um Gott sein Bier zu holen.
Der Herr des Himmels und der Erde rieb sich die Hände, in freudiger Erwartung seines Spielgewinns.
"Hoffentlich holt er es aus München. Münchner Bier ist immer noch das Beste."
"Ja, da kann ich nur beipflichten." erwiderte der Tod und in diesem Moment erschien der Teufel mit einem Maßkrug, den er vor Gott abstellte.
"Wetten, den schaffst du nicht auf ex?", forderte Satan ihn zu einem neuen Spiel heraus.

"Wenn du ihn nicht verzaubert hast, dann schaffe ich ihn allemal. Ich bin ja schon fast am Verdursten."

"Wenn du ihn schaffst, dann hole ich dir höchstpersönlich noch eine Maß." versprach Luzifer.

"Und wenn nicht?", wollte der Tod wissen.

"Dann darf ich nächstes Mal wieder bescheißen."

"Die Wette gilt!", lachte Gott und setzte an. Doch nach dem ersten Schluck krachte der Krug auf den Tisch und der Allmächtige spuckte das Bier angewidert aus.

"Das ist ja warm."

"Und du musst es trinken." stellte der Teufel heiter fest. Gevatter Tod nickte. So lautete der Einsatz. Als Gott den Krug leer hatte, war es schon spät in der Nacht. Er und der Tod verabschiedeten sich und verließen die Hölle. An der Pforte meinte der angeheiterte Liebe Gott: "Es ist eine Schande, dass man hier kein Bier trinken kann. Wo es doch so eine Hitze hat."

"Ja, warmes Bier ist die Hölle." erwiderte der Tod mit einem breiten Grinsen.

Der Teufel durfte von da an nach Herzenslust beim Kartenspielen bescheißen. Einen Einsatz hat es bis zum heutigen Tag nicht mehr gegeben.

Zauberbesen Hexenkessel

schnell, bevor ich es vergesse,
brauen wir den Liebestrank.

Kessel, häng dich übers Feuer,
Herzkrautwurzen sind sehr teuer
und nicht frisch machen sie krank.

Dreizehn Tage wirst du speien,
vergisst die Hex sie ab zu seien,
und von Liebe keine Spur.

Wasser von dem Waldquellstein,
Zuckerblüten müssen rein,
Bienenhonig und zwar pur.

Eine Prise Muskatnuss,
Rosenwein, ein ganzer Guss,
Zimt und noch ein Anisstern.

Dieser Sud muss lange kochen,
reduziert bis auf die Knochen,
süß wie Sirup schmeckt er gern.

Besen rühr' den Trank im Kreise,
links herum, sonst ist's nicht weise,
Kessel brodelt mit im Takt.

Lange braucht es, bis es dick ist,
das Gebräu fester wie Schlick ist
und der Stiel vom Besen knackt.

Dampf steigt aus dem Kessel hoch,
mit ihm lockt dich ein Geruch,
Sehnsucht kriecht ins Herz hinein.

Blaue Farbe steht im Sud,
dieses Zeichen ist nicht gut,
rot wie Blut sollte er sein.

Chilifäden für die Schärfe,
die ich in den Kessel werfe,
heiß und innig soll sie werden.

Liebe für die Ewigkeit,
leicht und sanft und ohne Zeit,
mehr als alles hier auf Erden.

Dieser Trank ist nicht nur schwierig,
sonderbar und auch langwierig.
Fordert alles an Gefühl.

Denn für keinen ist er gleich,
was für einen grade reicht,
ist dem andren Herz zuviel.

Besen kippt jetzt aus dem Kessel,
Feuer greift wie eine Fessel,
hält den schwarzen Tiegel gut.

Leichter Knall und dann ein Tocken,
in dem Kessel liegt ein Brocken.
ein Kristall wie rotes Blut.

Alles was mir jetzt noch fehlt,
ist der Mann auf dieser Welt,
der den Liebestrank mit wert ist,
weil er richtig, nicht verkehrt ist.

Und dann löse ich den Stein,
für ihn in einem Becher Wein.
Ein einz'ger tiefer Schluck und dann,

fängt für uns die Liebe an.

Der Märchen Wahrheit

Wenn ich die Geschichte meines Lebens erzählen müsste, dann würde sie mir niemand glauben. Deshalb versuche ich erst gar nicht, sie als wahr darzustellen. Stattdessen erzähle ich ein Märchen und da alle Märchen mit "Es war einmal" beginnen, beginnt auch diese Geschichte so.
Es war einmal...
...ein Bauer mit seiner Frau. Die lebten bescheiden und redlich in einem kleinen Haus. Schon lange wünschten sie sich ein Kind, doch sie wurde einfach nicht schwanger. Egal was die beiden auch unternahmen, es wollte sich kein Kindersegen einstellen.
Seine Frau weinte viel, weil sie den Wunsch, ihres geliebten Mannes nach einem Stammhalter, nicht erfüllen konnte. Und dem Bauern tat die Unglücklichkeit seiner Frau in der Seele so weh, dass er sich jedes Mal abwenden musste, wenn sie weinte.
Eines Tages hörte er in der Taverne von einer weisen Frau, die jede Krankheit heilen könnte. Unter vorgehaltener Hand flüsterten die Männer, sie sei sogar in der Lage, ungewollte Schwangerschaften einfach verschwinden zu lassen. So mancher hätte seine Magd, oder ein anderes heimliches Liebchen, schon zu ihr geschickt, um dieses Unglück abzuwenden.

Der Bauer dachte, wenn sie in der Lage sei solch Werk zu tun, dann müsse sie es auch auf umgekehrtem Wege zustande bringen.

Am nächsten Tag weinte seine Frau gar bitterlich, als er vom Felde nach Hause kehrte und er fasste den Beschluss, sich auf die Suche nach der Weisen zu machen, ob sie ihm nicht einen Rat wüsste.

So schnürte er ein Bündel und machte sich auf den Weg, die Heilerin zu finden. Wo genau sie sich befinden sollte, wusste er aber nicht. So folgte er seinem Gefühl und schlug die Richtung nach Westen ein.

Drei Tage und drei Nächte war er schon unterwegs und hatte jedermann gefragt, der seinen Weg kreuzte. Doch niemand konnte ihm Auskunft geben über eine weise Frau, die alle Krankheiten heilen könnte. Am Ende des vierten Tages kam er an ein Waldstück. Müde vom vielen Wandern setzte er sich unter eine große Lerche und schlief ein. Als er die Augen wieder öffnete, war es bereits tiefe Nacht. Die Sterne leuchteten vom Himmel und der Vollmond schien so hell, dass er alles um sich herum gut erkennen konnte. Eine Stimme drang durch die Nacht an sein Ohr. Sie summte eine seltsame Melodie voller Sehnsucht. Erstaunt darüber, stand er auf und sah in die Richtung, aus der sie kam. Zuerst konnte er nichts entdecken, denn der Wald, an dessen Rande er geschlafen hatte, war von dichtem Wuchs. Erst als die Sängerin aus dem Dickicht trat und beinahe vor

ihm stand, vermochte er sie auszumachen. Sie lächelte ihn sanft an und ihre Augen leuchteten im hellen Mondschein so grün, wie sattes Gras. Rote, lange Haare fielen in sanften Wellen über ihre Schultern bis zu den Hüften herab und ihr Gesicht war rein und klar, wie das Wasser eines Waldquells.
"Was suchst du, Bauer, zu so später Stunde an meinem Wald?", fragte sie ihn.
"Ich suche eine weise Frau. Man sagt, sie könne jede Krankheit heilen." gab der Bauer zurück. Die Fremde betrachtete den Mann lange von allen Seiten, ehe sie ihm Antwort gab.
"Weder du, noch dein Weib, seid krank. Geh wieder nach Hause und freue dich deines Lebens."
"Das kann ich nicht, bis ich sie gefunden habe."
"So sage mir, warum suchst du Heilung, wo keine Krankheit ist?", fragte die Schöne.
Der Bauer genierte sich seines Anliegens und druckste ein wenig herum, bis er der jungen Frau von seinem Problem berichtete.
Verschämt wagte er nicht ihr in die Augen zu sehen. Er konnte nicht fassen, dieser Fremden davon erzählt zu haben, die in ihrer unschuldigen Jungend keine Kenntnis von derlei Dingen haben konnte.
"Nun, es ist nicht schwierig zu entfernen was schon vorhanden ist. Jedoch zu erschaffen, was noch nicht besteht, erfordert mehr als du mir geben kannst." Die Stimme der Frau veränderte sich,

während sie sprach und der Bauer erkannte, dass sie die weise Frau war, die er gesucht hatte.
Er fiel auf die Knie vor ihr und nahm ihre Hände in die seinen.
"Schick mich nicht weg ohne einen Rat von dir, ich bitte dich. Alles würde ich tun und alles würde ich dir geben, machtest du nur wahr, was meine Frau und ich uns wünschten."
"Leben schaffen kann ich nicht. Doch du dauerst mich und so will ich dir ein Kind schenken, welches von seinen eigenen Eltern verstoßen wurde. Zieht es auf als euer eigenes. Doch du musst mir versprechen, wenn der Junge sechzehn Jahre ist, so lasse ihn im Frühjahr ziehen wohin er will. Sonst wird ein Unglück über euch kommen."
Der Bauer versprach es und wollte ihr nach, um ihr in den Wald zu folgen.
"Bleib am Waldrand und tritt nicht einen Schritt hier herein. Sonst wirst du alles verlieren, was dir etwas bedeutet." warnte sie ihn. Der Mann schritt wieder zurück bis an die Lerche und die Frau verschwand, um wenig später mit einem Bündel wieder zu kommen. Darin war ein kleiner Junge gewickelt, den sie ihm überreichte. Blaue Babyaugen strahlten den frisch gebackenen Vater an und dieser hatte Tränen der Freude und des Glücks in den seinen. Er wollte sich bei ihr bedanken, doch sie war verschwunden. Wie Rauch, der sich im Wind zerstreut. Überglücklich trat er die Heimreise an und er und seine Frau erfreuten sich unbändig

an dem kleinen Jungen. Sie nannten ihn Tycho, was "der Glückliche" bedeutet.
Tycho wuchs heran und machte seinen Zieheltern viel Freude. Er war ein schlaues Kerlchen, das viel fragte und alles wissen wollte. Als der Junge zehn war, gingen dem Bauern und seiner Frau die Antworten auf seine Fragen aus und sie beschlossen, ihn das Lesen lernen zu lassen. Der Junge lernte schnell und so brauchte es nur wenige Tage, bis er es beherrschte. Von da an las er alles, was er finden konnte und seine Eltern hatten ihre liebe Not, ihn immer wieder mit neuen Büchern und Schriften zu versorgen. Mit zwölf Jahren hatte Tycho bereits die Größe eines Mannes erreicht und mehr Wissen, als die Gelehrten in der Stadt. Trotzdem half er seinem Vater bei der Arbeit, wo er nur konnte, war ein fleißiges Kind und sich für keine Hilfe zu schade.
Eines Abends saß die Familie beim Abendbrot. Tycho war bereits fünfzehn und anders als sonst an diesem Tag gewesen, was seinen Eltern aufgefallen war.
"Mein Sohn, was ist mit dir? Was bedrückt dich?", fragte der Bauer.
"Ach Vater, ich weiß nicht wie ich es sagen soll. Doch ich frage mich die ganze Zeit, ob das schon alles ist, was das Leben für mich bereithält. Es zieht mich in die Ferne. Ich würde gerne die Welt sehen." Tycho seufzte und stocherte in seinem Essen herum.

Seine Eltern sahen sich erschrocken an. Sie hatten vergessen, welche Bedingung mit ihrem Sohn einherging. Jetzt, da die Zeit verronnen war, drängte sie sich wieder in den Vordergrund.
"Noch nicht, mein Sohn." sagte der Bauer. "Warte noch ein Weilchen, bis du älter bist."
Tycho wurde sechzehn und mit jedem Tag, der von da an verging, veränderte er sich mehr. Er zog sich in sich zurück, wurde blass und mager. Sorgenvoll betrachteten seine Eltern die Verwandlung. Es war nicht leicht für sie, ihren Jungen gehen zu lassen, doch noch schwerer ihn so zu sehen. Unter Tränen und Herzweh ließen sie ihn im Frühling ziehen.
Tycho reiste ohne Ziel durch das Land und es dauerte Monate, bis ihm bewusst wurde, dass er nach etwas suchte. Als er dieses Wissen erlangte, trieb es ihn voran, wie eine Feder ein Uhrwerk. Viele Tage lief er Querfeldein, bis er an einen Wald kam. Dort ließ er sich erschöpft unter einer Lerche nieder. Es war der gleiche Baum, unter dem auch sein Vater schon gesessen hatte und genau wie er, schlief er darunter ein. Tief in der Nacht erwachte Tycho, geweckt von einer sanften Melodie, die durch das Dickicht der Sträucher hindurch an sein Ohr drang. Neugierig stand er auf, um nach der Quelle zu suchen. Nebel kroch durch die Äste hindurch auf ihn zu und erstaunt beobachtete der Junge, wie sich eine Frauengestalt vor ihm manifestierte. Freundlich lächelte sie ihn an und ihre Augen waren grün, wie das Gras und ihr rotes

Haar fiel in sanften Wellen über ihre schmalen Schultern. Ihr Gesicht strahlte rein und klar, so wunderbar, dass der Junge meinte, nichts Schöneres hätten seine Augen je erblickt, als dieses Geschöpf.
"Was führt dich an den Rand meines Waldes?", fragte ihn die Schöne.
"Eine Suche." sagte der Junge. "Wer bist du?", fragte er sie dann.
"Mein Name ist Albandin." Sie lächelte ihn wieder an.
"Ich heiße Tycho."
"Nun, Tycho, auf welcher Suche befindest du dich denn?", wollte die Frau wissen. Der Junge überlegte. Diese Frage konnte er der geheimnisvollen Fremden nicht beantworten, denn er wusste es selbst nicht.
"Ich weiß es nicht, doch ich werde es erkennen, wenn ich es gefunden habe." antwortete er deshalb.
"Willst du mir denn Gesellschaft leisten auf meinem Weg, so lange du es noch nicht gefunden hast?", fragte sie ihn. Tycho überlegte einen Augenblick. Ihm fiel nichts ein, was ihn davon abhalten sollte und so willigte er ein, Albandin durch ihren Wald zu begleiten.
Sie gingen nebeneinander her und es war, als würden sie sich schon immer kennen. Tycho erzählte ihr von seinen Eltern, seiner Kindheit, seinen vielen Fragen und wie er aufgebrochen war,

um zu suchen, was er selbst noch nicht kannte. Albandin war eine geduldige Zuhörerin und ihr Schweigen ließ ihn reden wie einen Wasserfall. Sie nickte nur hin und wieder und stimmte mit ihrem sanften Lächeln zu. Der Morgen graute bereits, als er aufhörte zu erzählen. Jetzt ging auch er still neben ihr her und Albandin wusste alles, was es über ihn zu erfahren gab. Nach einer Weile fragte er, ob der Weg noch lange wäre.
"Nein, wir sind gleich da. Denn der Weg ist immer so lang, wie es ihn braucht."
Vor ihnen tauchte ein kleines Häuschen auf und die Frau blieb stehen.
"Tycho, möchtest du nicht bei mir bleiben für ein Weilchen?", bot sie ihm an. Er merkte, wie müde er vom Laufen geworden war und nahm das Angebot gerne an. Während der letzten Stunden war sie ihm so vertraut geworden, als wäre sie ein Teil von ihm selbst. Und obwohl nur er geredet hatte, schien es ihm, als würde er sie bereits ein ganzes Leben kennen. Mit dem Schritt über die Schwelle überkam ihn ein Gefühl, wie zuhause angekommen zu sein. Ein seltsam vertrauter Geruch von Gewürzen und Kräutern lag in der Luft. Allerlei gebundenes Grün hing zum Trocknen von der Decke. Es schien ihm alles in diesem Raum bekannt und doch so neu und eigenartig, als stamme es aus einem Traum, den er vor langer Zeit einmal hatte.

Tycho blieb und half ihr, wo er nur konnte. Albandin lehrte ihn dafür ihr ganzes Wissen. Nach einem Jahr kannte er alle Pflanzen beim Namen und vermochte sie zu unterscheiden. Nach einem weiteren, wozu sie nutze waren. Und nach dem dritten Jahr konnte er jeden Trank und jede Salbe, die auch sie beherrschte, selbst herstellen. Gerne streifte er durch den großen Wald und beobachtete die Nymphen am Bach, wie sie scherzten und planschten. Ihrem Gesang in der Abenddämmerung lauschend, saß er Stunden auf der kleinen Treppe vor der Tür des Häuschens. Albandin kümmerte sich gut um den Jungen. Sie zeigte ihm alles, was es innerhalb des Waldes zu sehen gab und hatte Antwort auf seine Fragen, was auch immer er wissen wollte. Nicht, wie es bei seinen Eltern gewesen war, an die er in letzter Zeit immer öfter dachte. Heimweh packte ihn plötzlich und von Zeit zu Zeit der Wunsch sie wieder zu sehen, der immer größer wurde.

Albandin bemerkte die Veränderung im Wesen des jungen Mannes, zu dem er in den letzten Jahren geworden war und ahnte, was ihn zu dieser neuen Traurigkeit bewegte. Doch schwieg sie dazu, bis er von selbst seine Wünsche vortrug.

"Nun, da ich dir nichts mehr lernen kann, kannst du gehen wohin du willst. Doch muss ich dir noch etwas über diesen Wald verraten, dessen du noch nicht gewahr wurdest." fing sie an zu sprechen. "Es mögen Jahre hier vergangen sein, jedoch außer-

halb der Grenzen dieser Bäume, sind es zig, die ins Land gestrichen sind. Wenn du also zu deinen Eltern zurückkehrst, werden sie alt sein und nichts wirst du mehr so vorfinden, wie du es in Erinnerung hast."
Tycho war das egal und er freute sich schon darauf, seine Zieheltern wieder zu sehen. Er verabschiedete sich von Albandin sehr herzlich und sie gab ihm ein Bündel mit, in dem sich verschiedene Kräutersäckchen befanden und auch ein Fläschchen Wasser von dem Nymphenquell, an dem er so oft gesessen hatte.
Die Welt erschien ihm noch so, wie er sie verlassen hatte, als er durch den Waldsaum auf das freie Feld schritt.
"Ach was sind schon dreißig Jahre, ist doch alles noch so, wie ich es zuletzt gesehen habe." sagte er zu sich selbst und trat voller Freude den Heimweg an.
Als er nach drei Tagen sein Elternhaus erblickte, erfüllte sich die Prophezeiung Albandins und er sah, was sie gemeint hatte. Der Zaun war morsch geworden und in dem kleinen Garten wucherte das Unkraut. Der Putz bröckelte von der Fassade und die Fensterläden hingen schief in ihren Angeln. Risse zogen sich durch die blanken Stellen am Mauerwerk entlang und man sah dem Dach an, dass es an mancher Stelle nicht mehr dicht sein konnte. Ein altes Muttchen saß vor der Tür auf der Bank und schälte Kartoffeln. Tycho stiegen Tränen

in die Augen, als er seine Mutter erkannte. Seine Beine trugen ihn schneller und von weitem rief er nach ihr. Die alte Frau blickte hoch und drehte den Kopf in seine Richtung.
"Mutter! Ich bin wieder hier." sagte er, als er sie erreicht hatte. Blinde Augen sahen ihm ungläubig entgegen.
"Wenn du wirklich mein Tycho bist, so lass mich dich sehen." sagte die Alte, legte das Schälmesser auf den Tisch und streckte ihre dünnen Arme nach ihm aus. Tycho legte sein Gesicht in die rauen Hände der Frau und sie ließ ihre Finger über seine Züge gleiten.
"Du kannst nicht mein Sohn sein." sagte sie dann. "Denn mein Tycho ist älter. Geh weg, Fremder und verschone mich mit deinen bösen Scherzen." Traurig und ohne ihn noch einmal anzusehen, schälte sie weiter ihre Kartoffeln und achtete nicht weiter auf ihn.
Tycho verfiel in eine tiefe Traurigkeit, weil seine Mutter ihn nicht zu erkennen vermochte und so zog er wieder ziellos in die Welt. Tycho alterte nicht wie normale Menschen und so war er verdammt, ewig umher zu ziehen. Nach ein paar Jahren fiel seine Jugend überall auf und man jagte ihn aus jedem Dorf und jeder Stadt. Er nahm jede Arbeit an, die sich ihm bot und trug das Geld, welches er damit verdiente in die Tavernen. Niemals würde er eine Bleibe finden, eine Liebe, die Bestand hatte.

Er verfluchte Albandin, die ihn so lange bei sich behalten hatte, bis ihn seine eigene Mutter nicht mehr erkannt hatte und lebte mit einem Herzen voller Enttäuschung und Schmerz in den Tag hinein. Der Gedanke, an der Zauberin Rache zu nehmen wuchs in ihm heran und mit jedem Bier und jedem Schnaps, den er trank, erlangte der Plan mehr Gestalt. So brach er auf, den Wald zu suchen, den er einst so unbedarft betreten hatte, ohne zu wissen, was aus ihm werden würde. Wochenlang strich er durch die Lande. So mancher Weg schien ihm vertraut und doch wollte es nicht der richtige sein. Unzählige Wälder waren es, an deren Rand er stand und die sich nach den ersten Schritten zwischen die Bäume als ganz normal erwiesen.

Tycho wurde es leid danach zu suchen. Seine Gedanken veränderten sich. Er war so, wie er schon immer war. So wie Albandin selbst, war er ein unendliches Wesen. Wie die Nymphen am Bach, wie der Wald, in dem sie lebten.

Die Welt der Menschen war nicht die seine, auch wenn er es geglaubt hatte.

Er ließ den Racheplan wieder fallen und es wurde ihm bewusst, dass es ihm keine Linderung bringen würde, wenn er Albandin etwas antun würde. Denn er würde den gleichen Schmerz erleiden, den sie fühlte.

Als er diese Erkenntnis hatte, kam er an einen weiteren Wald. Dort stand eine Lerche unter der er

sich niederließ. Er erkannte nicht, dass es die eine war, die er wochenlang gesucht hatte, weil er nicht mehr danach Ausschau hielt. Müde schlief er unter dem Baum ein. Eine Stimme schien ihm zuzuflüstern. Nebel kroch aus dem Dickicht hervor und Albandin nahm ihre Gestalt an. Sie setzte sich neben ihren Tycho und strich ihm sanft über die Haare.
Der junge Mann öffnete die Augen und sah sie an. Sein Herz quoll über vor Freude und eine wundervolle Ruhe breitete sich in ihm aus.
"Warum habe ich Dich erst jetzt wieder gefunden?", fragte er sie.
"Der Weg ist immer so lang, wie es ihn braucht." sagte sie und küsste seine Stirn.

Und wenn sie nicht gestorben sind, dann leben sie noch heute. Vielleicht auch gar nicht so weit weg von Dir...

Abkürzung

Dunkel erstreckt sich die enge Gasse hinter dem Bürogebäude. Würde man mit ausgestreckten Armen hindurchgehen, könnten die Fingerspitzen an den Mauern entlangfahren, so dicht beieinander stehen die Häuser. Ein Weg, von einer einzelnen Laterne beleuchtet. Eine jener Abkürzungen, die man sogar tagsüber nur mit einer leichten Gänsehaut und mulmigem Gefühl in der Magengegend passiert. Sie führt quer durch das Viertel, in dem sich Großraumbüros angesiedelt haben, bis hin zum Parkhaus am Stadtpark. Von dort aus gelangt man in die Lerchenstraße, in der Silvia wohnt. Immer öfter nimmt sie diesen Weg, der ihren Heimweg von der Arbeit um zwanzig Minuten verkürzt. Seit einem Jahr ist sie schon im Büro des Innenarchitekten Melz, wo sie hart für ihr Geld arbeitet. Die vielen Überstunden machen ihr nichts aus. Zu Hause wartet schon lange niemand mehr auf sie. Silvia könnte außen herum laufen. Ein schöner Spaziergang, für den sie heute zu müde ist.
In das Dunkel tretend, gewöhnen sich ihre Augen rasch an das wenige Licht. Die Laterne steht malerisch bei den Müllcontainern, die halb, in einer eigens dafür vorgesehenen Nische ruhen. Ein Lächeln gleitet über ihre Mundwinkel, als sie die Szenerie betrachtet. Wie das Gemälde eines

extrovertierten Malers. Ein Bild, welches mahnend den Finger gegen die Zivilisation erhebt, indem es das Unschöne der Welt offenbart.
"Sieh, was aus uns geworden ist."
Es wäre ein passender Titel für die Beweislast der heutigen Wegwerfgesellschaft.
Silvia hat die Mülltonnen hinter sich gelassen und mit der zunehmenden Düsternis wächst das bekannte Gefühl. Beklemmend steigt es in ihr hoch. Es ist nicht direkt als Angst zu bezeichnen, mehr als Unsicherheit, was als nächstes passieren könnte. Ein Knall lässt sie erschrocken herumfahren, als die Lichtquelle hinter ihr explodiert.
Funkenregen springt auf die regennasse Straße und Glassplitter regnen mit ihnen herab und prasseln auf den Teer. Sie meint einen Schatten im erlöschenden Licht zu erkennen. Nicht mehr, als ein Huschen hinter die Container. Angespannt starrt sie in die Dunkelheit. Lichtpunkte, schon längst verglimmter Feuerfunken, tanzen vor ihren Augen. Eine Nachwirkung, von der Blendung der Explosion. Der Gedanke, nicht mehr alleine in der Gasse zu sein, macht sich in ihr breit. Ihre Finger greifen in der Manteltasche um das Pfefferspray. Sie hat es noch nicht lange. Erst, seit sich die Überfälle in der Stadt häuften. Minutenlang steht sie da und wartet auf eine Bewegung, ein Geräusch hinter den Tonnen. Nichts. Keine Anzeichen, nicht einmal der Straßenlärm dringt bis an diese Stelle der Gasse. Langsam dreht sie sich um. Von hier

aus kann sie das Parkhaus schon schemenhaft erkennen. Die Lichter der Neonröhren dringen durch die Nacht und weisen ihr den Weg. Silvia schätzt die Entfernung auf hundertfünfzig Meter. Sie lauscht, während sie sich dem Licht nähert. Ihre eigenen Schritte sind alles, was sie hört.
Vielleicht habe ich mich geirrt, denkt sie.
Eine optische Täuschung, durch den Funkenregen vielleicht.
Ihre Schritte werden sicherer, je näher sie an das helle Parkhaus kommt. Die Neonröhren knistern in der Kälte, als sie es betritt. Ein menschenleerer Raum, in dem nur noch wenige Autos parken. Kalter, toter Beton, der wie ein Mahnmal hinter der grünen Oase des kleinen Stadtparks steht. Das Klacken ihrer Stöckelschuhe hallt von den kahlen Wänden wider.
Seltsam, sonst ist hier um diese Zeit mehr los, schießt ihr durch den Kopf.
Es gab immer jemanden, der seinen Wagen aufschloss, abschloss, oder gerade parkte, oder wegfuhr. Ein Flackern zieht durch die Beleuchtung und mit einem leisen Klaklack fällt eine der Röhren hinter ihr aus. Silvia friert auf einmal. Es kommt ihr kälter vor, als noch vor wenigen Augenblicken. Fröstelnd zieht sie den Mantel enger um sich zusammen und geht etwas schneller. Das Gefühl in der Magengegend ist plötzlich wieder da. Sie schüttelt den Kopf über ihre eigene Dummheit.

Ein hallender Schlag reißt sie aus dem Takt ihrer Schritte. Wie versteinert steht sie mitten auf der Fahrspur durch das Parkhaus. Dann sieht sie die Quelle, des lauten Geräusches. Ein Mann lächelt sie an, während er sein Auto abschließt. Erleichtert sieht Silvia wie er sich umdreht und das Parkhaus in die Richtung verlässt, aus der sie es betreten hatte. Sie setzt ihren Weg fort, verwundert über das eigene Kopfkino, welches ihr unfassbare Gedanken über Kobolde, Vampire und andere Monster vorzugaukeln versucht.
"Silvia", flüstert eine Stimme. Ruckartig bleibt sie stehen, dreht sch um. Ihre Hand verschwindet in der Manteltasche und umschließt krampfhaft das Pfefferspray. Ihr Blick gleitet durch den hallenartigen, leeren Raum des Parkhauses. Außer ihr scheint keine Menschenseele hier zu sein. Aber sie hat es gehört. Ihr Puls rast. War das auch eine Einbildung? So wie der Schatten hinter den Müllcontainern?
Reiß dich zusammen, ermahnt sie sich selbst. "Bestimmt war es nur der Wind", redet sie sich ein. Ihr Atem zeichnet kleine Wölkchen in die Luft. Es ist noch kälter geworden und sie steht zitternd zwischen zwei der wuchtigen Pfeiler. Langsam dreht sie sich in die richtige Richtung und setzt ihren Weg fort. Immer noch klammern sich ihre Finger um die Sprühdose in ihrer Manteltasche. Sie muss sich zusammenreißen, um nicht einfach panisch los zu laufen.

Da ist nichts. Das hast du dir alles nur eingebildet, versucht sie sich selbst zu beruhigen.
Ein Surren ertönt hinter ihr und mit einem weiteren Klacken erlischt wieder eine der Neonröhren.
"Silvia", flüstert es erneut. Silvias erzwungene Ruhe ist dahin. Sie fängt an zu laufen, so schnell sie es mit ihren Absätzen vermag. Hallendes Lachen ertönt hinter ihr und sie wirbelt panisch einmal um ihre eigene Achse. Stolpert und fängt sich an einem der Stützpfosten, hinter den sie sich presst. Vorsichtig lugt sie um die Ecke aus gegossenem Beton. Nichts. Ein leeres Parkhaus. Ein Raum, den sie im Grunde schon längst hätte hinter sich lassen sollen. Vielleicht waren es fünfzig Meter, doch irgendwie schien sie nicht vorwärts zu kommen. Ihr Blick gleitet in Richtung Ausgang.
Noch zwanzig Meter, denkt sie und läuft zu der schweren Tür, die sie noch vom Park trennt. Hinter ihr erlischt eine Neonröhre nach der anderen. Es ist ein Wettlauf, den sie gewinnen muss. Wenn sie verliert, dann... ja, was dann? Sie will den Gedanken nicht zu Ende führen. Ein trügerisches Gefühl, mit dem Erreichen des Parks in Sicherheit zu sein, treibt sie an. Sie rennt und stürzt regelrecht, die Ausgangstür hart aufstoßend, in die Grünanlage. Auf einer weiten Rasenfläche bleibt sie schwer atmend unter einer Laterne stehen. Ihr Blick gleitet durch die sich langsam schließende Parkhaustür. Der hell erleuchtete Raum verschwindet wie in Zeitlupe. Nicht eine der Neonröhren scheint defekt

zu sein. Silvia sieht sich um. Menschen laufen durch den Park. Einige sehen sie etwas seltsam an, wie sie völlig außer Atem an der Laterne lehnt. Doch das ist ihr egal. Ihr Herz macht einen Sprung vor Erleichterung die belebten Wege zu sehen. Langsam beruhigt sich ihr Puls und Silvia will nur noch nach Hause.
Nie wieder, schwört sie sich, nehme ich diese Abkürzung. Egal wie viele Minuten ich mir damit spare.
Rote Augen beobachten sie aus dem Gebüsch am Parkhaus. Sie schleichen lautlos auf dem weichen Boden hinter ihr her. Wartend, auf eine passende Gelegenheit. Einen Moment, in dem sie alleine ist. Fünf Minuten und sie hätte die Lerchenstraße erreicht. Tief blicken die Augen in ihre eigenen, die ihm weit aufgerissen vor Entsetzten entgegenstarren. Sein Kuss unterdrückt ihren letzten Schrei. Kräftige Arme fangen sie auf, als sie das Bewusstsein verliert. Wenn sie erwacht, wird sie zuhause sein. Nicht hier in der Menschenwelt.

"Wer war das?", fragt Marco seinen Kollegen.
"Tanja Kern, vermisst ihre Freundin seit vier Tagen", lautet die Antwort.
"Ich habe die Aussage aufgenommen. Willst du sie lesen?"
Marco nimmt die Akte Silvia Schön entgegen. Das Foto einer jungen Frau, mit roten, langen Haaren und grünen Augen, das dem Nachnamen gerecht

wird, wird von einer Büroklammer an der Kartonecke gehalten. Das frisch hinzugefügte Blatt verrät ihm, Silvia ist fünfundzwanzig, ledig und kinderlos.
"Vor zwei Tagen hat ihr Arbeitgeber sie schon als vermisst gemeldet. Sie sei einfach nicht zur Arbeit erschienen und da sie keinerlei Verwandtschaft zu besitzen scheint, dachte er, es wäre angebracht, uns diesen Umstand zu melden", informiert ihn sein Kollege.
In diesem Moment weiß Marco, dass sie auch diese Frau nicht finden werden.
Nicht lebendig.
Und auch nicht tot.

Hexenjagd

Schneller, denke ich. Die Hunde hinter mir sind schon ganz nah. Ihr Kläffen dringt durch die dichten Bäume deutlich zu mir. Hastig blicke ich mich um, während ich weiterlaufe. Ich kann sie noch nicht sehen. Ein Ast schlägt mir ins Gesicht, als ich wieder nach vorne blicke. Meine Haare verfangen sich im Dickicht, durch das ich mich kämpfe. Im Wald habe ich einen Vorteil. Zumindest rede ich mir das ein, denn hier kenne ich mich aus. Hier bin ich aufgewachsen. Meine Füße tun weh, vom vielen Laufen, doch ich eile weiter. Ignoriere den Schmerz, der mit jedem Schritt mehr zu werden scheint. Durch dichtes Gestrüpp muss ich mich hindurchkämpfen. Das ist der schlimmste Teil des Weges, den ich vor mir habe. Dornen zerkratzen mir Arme und Beine. Äste schlagen mir ins Gesicht. Ich habe Blut an den Händen und weiß nicht woher. Mir fehlt die Zeit meine Wunden zu begutachten. Ich muss weiter, ehe sie mich einholen. Noch ein Ast, der mir direkt unter dem Auge auf die Wange schlägt. Verdammt, ich habe nicht aufgepasst. Tannenzapfen stechen in meine Fußsohlen. Hier, im Dickicht, gibt es keinen weichen Moosteppich, auf dem man laufen könnte. Endlich komme ich aus dem dichten Bewuchs in einen Teil des Waldes, der etwas offener ist. Der Boden hier ist weich und warm. Ich werde

schneller, doch auch meine Verfolger werden es leichter haben. Gerne würde ich stehen bleiben, nur für einen Augenblick, um wieder Luft zu holen. Doch das kann ich mir nicht leisten. Atemlos haste ich auf die Anhöhe, die sich zwischen den Buchen vor mir erstreckt. Wenn ich den Hügel wieder hinunter komme, werde ich mitten auf einer Lichtung stehen. Ich versuche, mich auf die Geräusche hinter mir zu konzentrieren. Schätze ab, ob ich die Lichtung überquert haben werde, bevor sie mich dabei sehen können. das Bellen ist leiser geworden. Ich vermute sie hinter dem dichten Teil des Waldes.
Die Lichtung liegt vor mir. Ich laufe, so schnell ich kann, durch das hohe Gras. Ein Gespräch mit Marie fällt mir ein, das ich vor etwa einem Jahr hatte. Irgendwie kamen wir auf die witzige Idee, uns auszumalen, was wir wohl tun würden, wenn man uns als Hexen jagen würde.
"Ein Baum. Ich würde auf einen Baum klettern. Mich in der Krone verstecken." Ihr Lachen hallt in meinem Kopf nach. Arme Marie. Der Baum hat ihr nicht viel geholfen. Die Hunde haben sie gefunden und auch die Jäger. Es sind nur noch wenige Schritte und ich verschwinde wieder im Dickicht des Waldes. Das Bellen wird wieder lauter. Und auch Rufe der Männer, die mich verfolgen, mischen sich unter die Laute der Tiere. Erschöpfung durchdringt meinen Körper. Weiter, weiter, ruft die Stimme in meinem Kopf. "Ich kann nicht

mehr." will ich sagen, doch stattdessen schlage ich eine andere Richtung ein und laufe. Je schneller ich mich bewegen kann, umso schneller sind auch die Jäger. Ein neuer Weg fällt mir ein. Schon lange bin ich ihn nicht mehr gegangen, doch dort werden sie mich nicht so einfach verfolgen können. Ich wechsle die Richtung noch einmal, halte auf die Felsen im Wald zu. Ich weiß nicht, ob ich die Kraft noch habe sie zu erklimmen, wenn ich erst einmal dort bin. Egal, ich muss. Es dauert scheinbar ewig, bis ich die Stelle erreiche, die ich gesucht habe. Es ist ein schmaler Pfad, der beinahe senkrecht im Stein liegt. Hastig nehme ich den Weg auf mich. Der kühle Fels fühlt sich gut an. Doch ich weiß, es wird nicht lange dauern, bis sich die Kanten der Steine in mein Fleisch fressen. Warum habe ich nur meine Schuhe nicht angezogen?, frage ich mich. Du wolltest sie schonen. Für Sonntag aufheben, antwortet die Stimme in meinem Kopf.
Meine Fingerkuppen graben sich in die Falten des Felsens. Jetzt wird es schwierig. Ich muss mich konzentrieren, denn es reicht ein falscher Griff, um den Halt zu verlieren und in die Tiefe zu stürzen. Plötzlich greife ich ins Leere. Taste nach. Der Stein, an den ich mich mit der anderen Hand klammere fängt an zu knacken. Endlich bekomme ich Halt und ziehe mich nach Rechts. Der Fels bricht und ein großes Stück fällt krachend nach unten. Mein Blick gleitet in die Richtung, in der ich meine Verfolger vermute. Ich bin hoch genug gekommen,

um sie im lichten Wald zu sehen. Schnell kommen sie näher. Ich beeile mich, um auf die Spitze des Felsens zu gelangen. Mir bleibt nicht mehr viel Zeit, doch ich schaffe es gerade noch rechtzeitig, mich über die Kante zu ziehen. Schwer atmend bleibe ich einige Sekunden auf der Plattform liegen. Dann drehe ich mich auf den Bauch, um in die Schlucht sehen zu können, die ich gerade hinter mir gelassen habe. Es sind ungefähr zwanzig Männer, die mit Langbögen vor dem Fels stehen. Ihre scharfen Hunde kläffen die steinerne Wand an.
"Verdammt, wie ist das Luder da hinaufgekommen?", fragt einer der Männer verärgert.
"Sie ist eine Hexe. Hexen können fliegen." lautet die Antwort eines anderen.
"Kommen wir auf einem anderen Weg nach oben?", will der Wütende wissen.
"Nicht, wenn wir sie vor dem Fluss erwischen wollen. Du weißt, die Hunde verlieren im Wasser die Spur."
"Und wie kommen die Hunde auf den Felsen?!", schreit er zurück.
Noch immer liege ich auf dem Bauch. Mein Herzschlag hat sich wieder beruhigt. Mir ist klar, dass ich gerade Zeit vergeude. Jede Minute, die ich mich nicht von ihnen weg bewege, ist eine Minute zuviel. Meine Füße bluten. Meine Handflächen sind aufgerissen. Der Aufstieg hat all meine letzte Kraft aufgebraucht und doch muss ich weiter. Ich kann nicht liegen bleiben. Das wäre mein Todesurteil.

Vorsichtig krieche ich ein Stück vom Abgrund weg, bevor ich mich aufrichte. Es gibt nur eine Richtung, in die ich fliehen kann. Meine Beine setzten sich wie von alleine in Bewegung. Als würden sie wissen, was das Beste für mich ist. Sie tragen mich auf dem Grasrücken des Felsens in Richtung Fluss. Es ist ein kleiner Vorsprung, den mir der Fels verschafft hat. Der Boden verändert sich, wird wieder weicher, weil das Gras dichter wird, je weiter ich mich von dem Abgrund entferne. Es ist Wiese, über die ich laufe und ich frage mich, ob ich nun Gott, oder dem Teufel dafür danken soll. Langsam versinkt die Sonne hinter dem nächsten Waldstück, als ich den Fluss erreiche. Ich habe Glück, denn er führt nicht viel Wasser in diesem Sommer. Am Rand laufe ich ein Stück Flussabwärts, bevor ich eine passende Stelle finde, an der ich in den Fluss steigen kann, ohne mir dabei die Beine zu brechen. Bis zur Hüfte stehe ich in dem Gewässer, als ich wieder leises Kläffen vernehme. Ich fange an zu schwimmen. Tränen der Dankbarkeit laufen mir über die Wangen, dass mein Onkel mir das beigebracht hat.
"Es sind zu viele Seen in der Umgebung. Ich möchte nicht, dass meine Nichte ertrinken muss, weil sie einen falschen Schritt am Ufer macht." Die Strömung wird stärker und ich lasse mich mit ihr den Fluss hinab treiben. Mit Schwimmbewegungen lenke ich meinen Weg auf das andere Ufer. Wenn das Wasser noch schneller fließt, wird es mich

einfach bis zum Wasserfall mit sich mitreißen. Die Kühle, die meinen überhitzten Körper einhüllt tut gut. Nahe dem anderen Ufer lasse ich mich noch ein Stück weitertreiben. Jeder Meter, den ich nicht laufen muss, ist ein Geschenk. Erst, als ich den Wasserfall höre, sehe ich zu, dass ich aus dem Wasser komme. Vollkommen ausgelaugt ziehe ich mich ins Trockene, krieche aufs Land und bleibe erschöpft liegen.
Meine Augen öffnen sich. Der Mond strahlt sein silbernes Licht in mein Gesicht. Ein Mann taucht vor meinen Augen auf. Er lächelt mich freundlich an, reicht mir die Hand und hilft mir auf.
Er führt mich zu einem hellen Punkt. Als wir näher kommen, sehe ich, dass es ein Feuer ist. Er ist nicht alleine. Es warten bereits andere Männer auf ihn. Angst steigt in mir hoch und ich halte mit panischem Blick Ausschau nach Hunden. Dann entdecke ich Frauen. Sie haben Schüsseln voller Essen, das sie untereinander verteilen.
"Wer ist das?", fragt einer der Männer, als wir am Lager ankommen.
"Ich vermute, eine Flussnixe." erwidert mein Begleiter. Plötzlich fällt mein Name.
"Katharina!" Ich suche das Gesicht zu der Stimme, die ihn gerufen hat. Brigitte stürmt auf mich zu und fällt mir um den Hals. Sie war die erste Hexe, die ihren Häschern entkommen war.

Abraxas

Lautes Krächzen hallt durch die Lüfte. Der leichte Herbstwind trägt die kratzigen Schreie weit in das umliegende Land. Nicht mehr, als schemenhafte Schatten, die sich durch den aufsteigenden Abendnebel auf dem Hügel emporheben, werden von der Schar der Kolkraben umkreist.
Nicht unter einer Stunde Fußmarsch ist die Rabenburg zu erreichen. Fern der lauten Zivilisation und von derselben vergessen, recken sich die letzten, noch übereinander stehenden Steine der ehemaligen Residenz, im Licht des Vollmondes ihren lebenden Bewohnern entgegen. Unter ihnen, den Namensgebern der Burg, fliegt auch Abraxas. Mit dem Wind unter seinen Flügeln, zieht er im Schwarm seiner schwarzen Brüder und Schwestern seine Kreise um die einzelnen Zinnen der Ruine und auch seine Geschwister werden von den Menschen so wie er genannt.
Abraxas.
Eigentlich heißt er nicht Abraxas, sondern Jonathan. Doch außer ihm weiß das niemand.
"Krah, das Fest, krah, der Mond ist voll, krah, krah!", ruft ihm einer aus der nachtschwarzen Schar entgegen. Er sieht aus, wie Abraxas und all die anderen, die in den Nischen des Gemäuers Platz gefunden haben, oder sich durch die Lüfte schwingen.

"Krah, das Fest, krah, der Mond, krah", hallt der Chor zurück. Mit mondlichtgelbem Widerschein auf dem purpurblau glänzenden Gefieder, sucht auch Abraxas einen Platz im Stein der alten Burg. Er unterscheidet sich von den anderen durch einen Ring, der an seinem Fuß befestigt ist.
Abraxas lässt sich ein wenig abseits nieder. Der Ring ist nicht das Einzige, das ihn von den Burgraben unterscheidet, doch das wissen nur er und sie. So wie Abraxas kein normaler Kolkrabe ist, so ist auch der Ring um seinen Fuß kein normaler Ring. Es ist ein Fluch, den er seit seinem ersten Tag als Rabe mit sich herumträgt.
Flügelschlagen wird laut, als sich der gesamte Schwarm in den Steinsimsen niederlässt. Auch neben Abraxas landet einer der mächtigen Kolkraben.
"Krah, krah! Abraxas, krah!", begrüßt er ihn und neigt seinen Kopf vor ihm. Abraxas tut es ihm gleich. Er kennt den Raben, der sich zu ihm gesellt hat. Mehr als vierzehn Menschenjahre tragen ihn seine Flügel schon den Himmel entlang. Auch er heißt Abraxas, so wie alle Raben von den Menschen genannt werden. Abraxas mag den alten Gefährten. Er ist größer als er selbst, aber nicht älter. Doch das wissen nur wenige und die meisten davon sind schon nicht mehr am Leben.
Sie alle sitzen auf einem Platz und warten. Ganz still ist es auf der Rabenburg und nur vereinzelt

durchbricht ein leises Krähen die fortschreitende Nacht.

Ein Rauschen erfüllt die Höhen des sternklaren Himmels. Erst ganz leise, kaum hörbar, schwillt es nach einer Weile an. Nicht der Wind ist es, der durch die Wipfel des nahen Waldes streicht, der das Geräusch verursacht, welches aus allen Richtungen gleichzeitig auf die Burg einzuströmen schein. Schwarze Schwärme gleiten, wie in sich beweglichte Punkte, durch die Dunkelheit und wachsen an, je mehr sie sich nähern. Die Gäste des Festes sind es, die hereneilen, auf ihren Besen fliegend, sich durch die Lüfte bewegen. Funken schlagen aus der Erde des Hügels, so hoch, dass sie einem weiter unten sitzenden Raben die Schwanzfedern ansengen, als der erste Schwarm lachend und singend eintrifft. Laut krächzend vor Schreck, fliegt der Getroffene mit rauchendem Hinterteil in höhere Gefilde, um sich in Sicherheit zu bringen.

Helles Gelächter schallt durch die Luft und Blitze zucken aus knorrigen Zauberstäben aus Nuss- und Espenholz. Wie ein Netz verflechten sich die Lichterfäden über der Burg und legen sich von oben herab auf das Gemäuer, als wären es seidene Stoffe.

"Der Dunkelzauber!", ruft eine Stimme aus der Wolke von Besen über Abraxas. Gemurmel ertönt und wird mit jedem eintreffenden Schwarm lauter. Gegen den Uhrzeigersinn rauschen die Hexen um

die verfallenen Mauern. Anschwellend umfängt der melodische Singsang den ganzen Hügel, während sich ein Tornado aus fliegenden Besen um ihn bewegt. Schwaden, dunkel und schwer wie flüssiges Blei, wabern empor, verdichten und sammeln sich, bis kein Auge außerhalb des Zaubers noch einen Blick auf die Burg werfen kann.
Weiter zucken die Blitze aus den Zauberstäben und die Netze spinnen sich zu feineren Geweben, formen Steine, Mauern, schließen Lücken und verwandeln sich, bis der letzte Ziegel und die letzte Zinne als sanft vor sich hinglühende Lichtschemen wieder stehen.
Eine Tafel erscheint im Innenhof, reich gedeckt mit den verschiedensten Speisen und Tränken. Früchte und Nüsse, Gemüse und Fleisch, Brot, Käse, Kuchen, Wein, Bier und tausend andere Leckereien, reihen sich wie von selbst auf die lange Tischplatte, mit von Gold durchwobenem Damasttuch geziert. Schwebende Kerzen, aus vom Himmel gefallenem Sternenstaub wachsend, erleuchten den luftigen Saal unter den Sternen.
"Musik!", erklingt eine helle Stimme. Abraxas entdeckt die junge Hexe, der sie gehört erst, als diese ihren Zauberstab über eine Reihe Raben schwingen lässt. Erstarrt fallen sie von den Zinnen, auf denen sie sitzen. Wie plumper Stein, so schwer, führt sie ihr Weg in die Tiefe, um knapp über dem Boden schwebend innezuhalten. Sie fangen an zu

wachsen, sich zu dehnen und zu verformen. Ihre Schnäbel scheinen sich in ihre Köpfe zu drücken, die anschwellen wie Ballons und sie kurze Zeit wie unförmige Klumpen schwarzen Pechs aussehen lassen.
Unnatürliche Laute, halb Krächzen, halb menschliche Stimme ertönen. Die Klumpen wachsen weiter und menschliche Haut platzt unter dem Gefieder hervor, wie Geschwulst, bevor ihnen die Federn an diesen Stellen ausfallen. Aus Flügeln wachsen Arme und die Beine dehnen sich in die Länge, bis die Gestalten menschliche Größe erreichen. Die Wandlung endet und sieben Wesen stehen in einem Kreis aus belustigten Hexen.
"Ein vorzüglicher Zauber", lobt eine der älteren und zwei weitere Zeuginnen dieses Schauspiels der Magie, klatschen entzückt in die Hände. Die geschaffenen Musiker geben ein schauriges Bild ab. Halb Krähe, halb Mensch, stehen sie der Gesellschaft nun zur Verfügung. Abraxas atmet tief durch. Er ist froh, dieser Wahl entgangen zu sein. Die junge Hexe klatscht in die Hände und Instrumente tauchen aus dem Nichts auf. Die Musiker fangen an zu spielen und auch die letzten Hexen schweben auf den Boden, um von ihren Besen abzusteigen und dem Fest beizuwohnen, welches jetzt vollends vorbereitet ist.
Die Raben beobachten das Treiben, wie sie sich begrüßen, herzen, drücken und lachen. Sie reden über Zauber und allerlei Dinge, erzählen sich

verworrene Geschichten und begutachten gegenseitig ihre Zauberstäbe und Besen. Es dauert eine ganze Weile, bis jede ihren Platz an der Tafel gefunden hat und ein wenig Ruhe in die Unterhaltungen eingekehrt ist. Ihre Blicke gleiten an die Kopfseite des Festtisches, an der die höchste aller Hexen steht. Mit einer Handbewegung lässt sie die Musik verstummen und lächelt in die Runde. Schweigen legt sich nun auch auf die letzten unruhigen Lippen um sie herum. Dann sieht sie zu den Raben und scheint jeden einzelnen von ihnen zu mustern. Abraxas kennt den Grund dafür. Er alleine weiß, wonach sie Ausschau hält.

Ein kalter Schauer überfällt ihn und läuft ihm unter seinem Federkleid über den Rücken, als ihr Blick über ihn gleitet.

Vor hundert Jahren, auf den Tag genau, hatte sie ihn schon einmal so betrachtet. Doch das wissen nur sie beide.

"Unsere Gäste auf den Zinnen!" Die Stimme ist hell und klar wie ein Bergquell im Sonnenschein. Aber auch schneidend, wie eisiger Winterwind, oder ein Schwert. Mit einer einladenden Geste umfasst sie die gesamte Rabenschar.

"Kommt und nehmt Platz und erfreut uns mit eurer Anwesenheit in unserer Mitte", fordert sie die Gefiederten auf. Rauschen von hunderten Flügelschlägen erhebt sich. Eine Wolke aus blauschwarzen Federn sinkt von den Mauern herab, auf die magische Gesellschaft zu. Sanft landen die schimmernden Vögel auf den Schultern der Frauen. Für jeden Gast gibt es einen Raben, der dort Stellung bezieht. Die übrigen setzen sich auf die Lehnen der Stühle, oder direkt and die Ränder der Tafel. Die höchste der Hexen setzt sich auf ihren Stuhl. Er ist prächtig geschmückt. Ranken und Blüten exotischer Pflanzen zieren ihn mit ihren Formen und Farben. Sie ist die einzige Hexe, auf deren Schultern keiner der Raben sitzt. Abraxas rührt sich nicht von der Stelle. Er fliegt nicht mit den anderen auf den Platz, an dem das Fest seinen Lauf nimmt. Seine Gedanken kreisen um die Zeit vor hundert Jahren, als er sich das erste Mal an diesem Ort befunden hatte.

Er fällt auf, der eine Rabe, der sich nicht seinen Platz an der Tafel gesucht hat und so treffen ihn die Blicke aller Anwesenden mit einem Mal. Die höchste der Hexen beobachtet ihn weiter, wie er auf seinem Mauervorsprung verharrt und ihr kaltes Lächeln liegt schwer auf seinem kleinen Rabenherzen.

So bist du doch gekommen, dann setze dich in unsere Reihen, hört er die Stimme der Einen in seinem Kopf hallen, die daraufhin den Blick von ihm abwendet, um das Fest beginnen zu lassen.

Doch er würde warten. Geduldig, wie er es schon die letzten hundert Jahre getan hatte. Abraxas kennt das Schicksal der Kolkraben, die sich auf den Schultern der Hexen niedergelassen haben. Sie sind verdammt, für ein ganzes Jahr ihrer

eigenen Wahl zu dienen. Ihn selbst hatte dieses Erlebnis geprägt. Hexen sind nicht immer gut und unter ihnen gibt es auch ein paar gemeine Exemplare, bei denen man nicht gut leben kann. Auch nicht als Rabe.
Die Stunde der Mitternacht zieht heran und die Feiernden fiebern freudig schwatzend dem Höhepunkt des Treffens entgegen.
Als sich die Höchste von ihrem Platz erhebt, breitet sich erneut Stille über den Pegel der Unterhaltungen.
Es war so weit.
Die jungen Hexen wurden in den Kreis aufgenommen. Gelangweilt beobachtete Abraxas die feierliche Zeremonie. Es war die Hundertste, der er beiwohnte. Unter den Reihen der Erwählten, sah er auch die Frau mit dem Musikerzauber stehen. Sicherlich würde aus ihr einmal eine vortreffliche Hexe werden. Nicht eine von den Guten, die viel für die Menschen taten und ihre Tiere wohlwollend behandelten. Ein Wandlungszauber, noch vor der Weihe, war nicht alltäglich. Viele von ihnen erlangten dieses Maß an Fertigkeit erst nach etlichen hundert Jahren, einige nie. Sie besitzt eine große Gabe und mit der Magie ist es wie mit dem Geld. Zuviel davon verdirbt den Charakter.
Coliphee, war der geheime Name der höchsten Hexe. Dieser Name hatte sich in Abraxas Gehirn eingebrannt. Diesen Namen wissen nicht viele. Im Normalfall hat nur die Namensgeberin und

diejenige, die den Namen bei der Weihe empfängt, Kenntnis darüber. Dieses Wissen jedoch bescherte Abraxas alles, was er jetzt war und jemals sein würde.

Die Junghexen stehen in einer Reihe vor einem Wall aus Stoffen, die in der Luft bis zum Boden hängen. Sich tief verneigend vor den übrigen Gästen, warten sie auf ihre sinnbildliche Erweckung. Coliphee vergibt die Namen, welche sie der jeweiligen Frau zuflüstert. Diese erhebt sich aus ihrer Verneigung und empfängt den Segen aller Anwesenden, die sie nun in ihre Mitte aufnehmen.

Einst stand ein junger Mann hinter diesen Stoffen hinter Coliphee und hörte ihren Namen. Die Neugier über die Geschichten, welche man sich im Dorf erzählte, hatte ihn auf den Hügel getrieben.

Nach der Weihe setzt sich Coliphee auf einen Thron, der geradewegs aus dem Boden wächst. Der Tisch mit den Speisen versinkt in der Erde, als hätte es ihn nie gegeben und die neuen Hexen nehmen neben ihrer Anführerin platz. Es ist leise und in den Reihen der Anwesenden kann man nur vereinzeltes Flüstern vernehmen.

"Ist ein Bittsteller unter den Gästen aus den Zinnen unter uns?", fragt Coliphee mit fester, herausfordernder Stimme. "So möge er jetzt vortreten, oder für ein weiteres Jahr schweigen."

Abraxas Zeit war nun gekommen. Hundert Jahre waren vergangen und er hatte jedes einzelne davon auf den Mauern dieser Burg gesessen und

von den Zinnen den Platz beobachtet. Er setzt an und fliegt direkt auf den Thron zu. Sich vor Coliphee niederlassend, krächzt er laut und seine Schreie verwandeln sich allmählich in menschliche Stimme.
"Abraxas, was ist deine Bitte?", fragt sie ihn.
"Die Selbe, wie vor hundert Jahren schon", erwidert er und seine Nackenfedern sträuben sich.
"Nun hast du hundert Jahre als Rabe verbracht. Vielleicht gefällt es mir, dich noch einmal hundert Jahre so zu lassen. Denn wie mir scheint, hast du nichts dazugelernt", schallte ihre Stimme klar und kalt.
"Mein Verbrechen war, in dieser Nacht auf dieser Burg gewesen zu sein und gehört zu haben, was ich nicht hätte hören sollen", sprach Abraxas. "Deines jedoch ist, mir mein menschliches Leben gestohlen zu haben."
"Einst war es deine Neugier, die dir ein Leben als Rabe bescherte. Heute wird es wohl deine Vermessenheit sein." Ein spöttisches Lächeln zieht um ihre Lippen.
"Sind nicht alle Raben vermessen? So hättet ihr mich in ein Tier verwandeln sollen, welchem dieser Wesenszug nicht eigen ist." Seine Erwiderung erzürnt Coliphee und aus dem Spott wird Wut, die ihr ins Gesicht geschrieben steht. Abraxas hüpft noch ein wenig näher an den Thron heran und hört, wie die anderen Hexen kaum zu atmen wagen.

"Ich sollte dich in einen Wurm verwandeln, damit du im Staub vor mir kriechen kannst, so wie es dir zukommt", faucht sie ihn an. Ein Raunen zieht sich durch die Reihen, denn es ist verboten aus einem Verwandelten etwas zu machen, was nicht seiner ursprünglichen Erscheinung entspricht. Abraxas weiß das aus seinem Jahr bei der gemeinen Hexe. Er weiß auch, dass Coliphee ihn heute Nacht zurückverwandeln muss, denn ihr eigener Fluch hatte diese Grenze gesetzt.

Als ihr bewusst wird, was sie gerade gesagt hat, lenkt sie ein. Ihre Stellung als höchste aller Hexen ist ihr zu wichtig und sie würde aus dem Zirkel verbannt werden, wenn sie die Gesetze derart missachten würde.

"Komm her!", schreit sie ihn stattdessen an.

Abraxas nimmt seinen ganzen Mut zusammen und hüpft bis auf eine Schnabellänge an sie heran.

Coliphee zieht den Zauberstab und schwingt ihn in wilden Kreisen über ihm. Ein Tosen und Brausen bricht los. Um ihn herum entsteht ein Wirbelsturm und er hat die größte Mühe, nicht davon mitgerissen zu werden. Immer schneller dreht sich die Luft. Ein einschnürendes Gefühl drückt auf seinen Brustkorb. Als wäre sein Gefieder für ihn zu eng. Sein Schnabel scheint nach innen zu wachsen, sein Kopf zu explodieren. Abraxas muss an den Musikerzauber denken. Ob auch er jetzt so aussieht, wie ein Klumpen Pech? Der Schmerz reißt ihn aus diesem Gedanken. Er fühlt sich, als

würde er innerlich explodieren. Jede Feder brennt wie Feuer auf seiner Haut und die Flügelspitzen scheinen ihm zu platzen. Laut krächzt er unter den Qualen, die er erleiden muss. Immer schlimmer wird die Tortur und ein unendlich erscheinender Moment der Pein raubt ihm schließlich die Sinne.
"Jonathan! Jonathan!" Die Rufe dringen wie aus unglaublicher Ferne an sein Ohr. Fackeln ziehen unter ihm durch den dichten Wald. Ruckartig setzt er sich auf. Das erste was er sieht, als er an sich hinabblickt sind seine Beine. Er reißt die Hände nach vorne, um sie sich anzusehen. Da sind Finger, Arme. Um seinen Leib greifend fühlt er Schultern, einen Rücken und Haut. Jonathan fasst sich ins Gesicht. Ein normales Männergesicht mit Nase, Augen, Ohren, Mund und Bartstoppeln. Kein Schnabel, keine Feder. Zögernd versucht er zu sprechen. Erst leise und unsicher. Worte fließen aus seinem Mund.
"Jonathan!", rufen die Stimmen unter ihm erneut.
"Ich bin hier! Ich bin hier!", schreit er und Tränen laufen ihm über die Wangen. Die Menschen, die nach ihm suchen, kommen näher. Sie beeilen sich, zu dem Vermissten zu gelangen. Einer legt ihm eine Decke über die Schultern.
"Welchen Tag haben wir heute?", fragt Jonathan hastig.
"Den ersten November. Allerheiligen." Der Mann blickt ihn verdutzt an.

"Wie habt ihr mich gefunden?", fragt Jonathan verwirrt.
"Du wolltest gestern auf den Hügel der Rabenburg, weißt du das nicht mehr? Als du heute Nachmittag noch nicht zurück warst, haben wir uns Sorgen gemacht und abends sind wir dann losgezogen, um dich zu suchen. Jonathan, was ist los mit dir? Bist du gestürzt und hast dir den Kopf gestoßen?" Der junge Mann fängt langsam an zu nicken.
"Ich glaube, so wird es wohl gewesen sein." Sie bringen ihn zurück ins Dorf, nach Hause, wo er ein bisschen verwirrt erscheint. Jonathan ist verändert, seit der Nacht, in der sie ihn gefunden haben. Eine alte Seele scheint in dem jungen Mann zu wohnen. Wochen vergehen, ehe er sich in das Leben des Dorfes wieder eingliedert. Er scheint menschenscheu und hat eigenartige Gewohnheiten angenommen. Für ihn ist es nicht leicht, sich nach hundert Jahren als Rabe wieder anzupassen. Dennoch erscheinen sie ihm mit der Zeit, wie ein Traum, der ihn in der Zeit seiner Bewusstlosigkeit auf dem Hügel in seiner Gewalt hatte.
Seine Mutter schickt ihn im Frühling auf den Markt in die nächste Stadt, um verschiedenes zu kaufen. Anfangs ist ihm nicht wohl, sich unter so vielen Menschen zu bewegen, doch nach einer Weile findet er Gefallen daran. Er schlendert durch die Stände und macht die Besorgungen, die ihm aufgetragen sind. Schließlich kommt er an eine Gasse, in der nur noch vereinzelt Händler stehen.

Interessiert sieht er sich auch deren Waren an. Am letzten Stand angekommen, reißt ihn eine Frauenstimme aus seiner Begeisterung für ein Silberdöschen. Sie ist klar und hell, wie ein Bergquell im Sonnenlicht.
"Neugierig geworden, Abraxas?", fragt sie ihn. Jonathan blickt in grüne Augen, die in einem fein geschnittenen jungen Gesicht in die seinen blicken. Er kennt diese Frau. Ihr Name ist Coliphee. Doch das wissen nur sie beide.

Was die Frau des Teufels frei hat

Es gibt sicherlich Vieles, was auf Erden geschieht, das der Mensch nicht versteht, weil er es nicht verstehen kann. Weil er nicht um die Gründe weiß, warum es passiert und in den himmlischen Gefilden auch keinerlei Interesse besteht, den Menschen an sich, in dieser Hinsicht aufzuklären. Als Universalerklärung sei gesagt, alles, was sich auf Erden ereignet, hat einen Grund. Und wenn es nur der Eine ist, dass es einfach so sein müsse. In der Hölle ist das nicht anders. Auch hier geschehen viele Dinge, die man nicht verstehen muss. Ich muss es wissen, denn ich bin des Teufels Frau. Eine Hexe, wahrscheinlich, denn ein anderes Weibsbild würde es mit dem Teufel wohl kaum aushalten können. Auch, wenn sein Ruf schlechter ist, als er selbst.

Die Tatsache, dass mein Gemahl, übrigens hat Gott selbst uns getraut, gerne schwindelt, lügt und bescheißt, ist so alt wie die Menschheit selbst. Jeder weiß das und auch ich habe es akzeptiert, denn ich liebe ihn. Doch auch meine Geduld hat Grenzen und so kam der Tag, an dem es Luzifer einfach übertrieb. Bislang überschritt sein teuflisches Verhalten mir gegenüber nicht die weit ausladende Linie der Neckerei. Über Jahrhunderte waren wir schon zusammen und, soweit ich es beurteilen kann, glücklich. Dennoch ertappte ich ihn eines Tages mit einer Dämonenfrau, nicht

einmal eine hübsche, in unserem Schlafgemach. Natürlich versuchte er sich herauszuwinden und war sich um keine Ausrede zu schade. Schweigend ließ ich ihn einfach stehen. Das würde er mir noch teuer bezahlen. Sicherlich kann auch jeder Menschenmann nachvollziehen, welche Hölle es darstellt, wenn er vom eigenen Weibe einfach ignoriert wird und somit keinerlei Versöhnung in Sicht ist. Tagelang versuchte Luzifer nun mich milde zu stimmen. Es würde ihm nichts bedeuten und lediglich mein eigenes, fehlendes Interesse an seiner Person, hätte ihn in die Arme eines so scheußlichen Wesens getrieben. Das war typisch für ihn. Die eigene Schuld auf andere abzuwälzen, war eine seiner leichtesten Übungen. Ich schwieg weiter und würdigte ihn keines Blickes. Keifend, mit seinem Latein am Ende, verließ der Teufel die Hölle. Sein eigenes ungnädiges Weib war etwas, womit er nicht zurrecht kam. Mir hingegen, war der Weg, den er einschlagen würde, bereits wohl bekannt. Er wollte zum Sumpf, in dem der Tod sein Zuhause hatte. Als einer seiner besten Freunde und mit jahrtausende alter Erfahrung, konnte er ihm sicherlich Rat geben.
Bekannt sind des Teufels List und seine Gerissenheit. Wer so lange, wie ich, damit lebt, der lernt. Und so hatte ich lange Zeit vorher meine Spione im Sumpf und auch im Haus des Todes angesiedelt, was mir seit jeher einen regen Informationsfluss zusicherte, den ich stets zu meinem Vorteil

einsetzten konnte. Spinnen, Asseln, Fliegen, Würmer und vieles andere Kriechgetier zählte ich zu meinen Verbündeten. Vögel, Hasen, Fuchs und Reh, all diese Geschöpfe hatte mein Gatte gerne gequält und da ich mich mit der Heilkunst auskenne, habe ich in ihnen viele treu ergebene Kundschafter gefunden.

Der Teufel klopfte an des Gevatters Tür und bereits als seine Knöchel das morsche Holz berührten, begann das Wispern und Flüstern durch den Morast, die Erde und Gräser, Bäume, Büsche und Lüfte. Es drang zu mir, um darüber zu berichten.

"Ein seltener Gast", sagte der Sensenmann, als er den Teufel vor seiner Tür erblickte.

"Ein dringender Grund", erwiderte Luzifer, worauf ihn der Tod, neugierig auf das, was da kommen würde, in sein bescheidenes Heim bat. Der Teufel trat ein und seine Hörner verfingen sich in den Wurzeln, die von der Decke hingen. Laut fluchte er und ließ in seinem Zorn die Pflanzenteile in Flammen aufgehen. Doch es gab nur eine kurze Stichflamme, denn im Haus des Todes war es zu feucht, um ernsthaft etwas in Brand setzen zu können. So dampfte nur widerlich riechender Qualm durch den Flur. Gevatter Tod legte den Kopf etwas schief und sah ihn fragend an.

"Entschuldige", murmelte Satan unverständlich.

"Was immer dir auf der Seele brennt..." Der Tod fing an zu lachen. "Verzeih! Du hast ja keine." Dem Teufel stieg die Wut noch ein bisschen höher ins

Gesicht und seine Haut wurde noch ein bisschen roter als sonst. "Also, was immer dich zu mir geführt hat, es muss die Hölle für dich sein." Ein hörbares Kichern kam von der Stelle, an welcher der Sensenmann sich umgedreht hatte, um den Fürst der Hölle tiefer in seine Wohnung zu führen. Gereizt trabte Satan hinter ihm her. Der Flur endete in einer Halle, von der aus mehrere Türen in verschiedene Zimmer zu führen schienen. Kurz stand der Tod in ihrer Mitte und sah aus, als müsse er eine wichtige Wahl treffen.
"Was machst du da?", wollte Luzifer wissen, der noch nie zuvor im Haus des Todes zu Gast war.
"Ich überlege, welches Zimmer für dich am Geeignetsten ist." Skeptisch beobachtete der Teufel die Knochenhand seines Freundes, der sich nachsinnend damit ans Kinn tippte.
"Nimm doch einfach dieses", schlug er dem Tod vor und deutete auf die näher gelegene Tür.
"Nein! Auf keinen Fall! In diesen Raum kann man hinein, aber nicht mehr hinaus."
"Und dieser?"
"Der ist so kalt, dort würdest sogar du blau anlaufen."
"Was ist mit diesem da?", fragte er und sein Zeigefinger deutete auf die dritte Tür.
"Blumenelfen."
"Und die dort drüben?"
"Hmm..., nein. Auch nicht." Der Teufel wurde ungeduldig.

"Hast du denn keinen Raum, der einfach nur warm ist? Wenn ich noch länger in dieser feuchten Halle stehe, hole ich mir vielleicht noch einen Schnupfen."

"Ich denke, ich habe einen", erwiderte der Sensenmann und machte eine galante Bewegung in die Luft. Knarrend und quietschend schwang eine der Türen auf und warmes Licht strahlte durch sie hindurch und erhellte die nasskalte Halle.

Tee und Gebäck standen auf einem kleinen Tischchen mit einer Spitzendecke. Mehrere Kerzenleuchter, die sich auf den niedrigeren Kommoden, Schränkchen und Regalen verteilten, erhellten das kleine Zimmer. Zwei geblümte Sessel, eine Vase mit frischen Rosen, ein offener Kamin, in dem die Flammen lustig vor sich hin tanzten und ein farbenfroher Perserteppich, der unter wuchtigen, dunklen Möbeln klemmte, spiegelten ein Bild wie zu Spitzwegs Zeiten wider. Verschnörkelte Bilderrahmen hielten Gemälde mit fröhlichen Menschen und Stillleben an den Wänden und im ganzen Raum hing ein Duft von Zimt und Schokolade. Entsetzt trat der Teufel hinein und als er inmitten all dieser Lieblichkeit stand, verlor sein Gesicht einiges seiner roten Farbe.

"Was ist das für ein Zimmer?", fragte er mit blassrosa Teint.

"Das einzige, das du überleben kannst", erwiderte der Tod. "Setz dich und erzähle mir, was dich in mein Haus geführt hat." Gevatter Tod ließ sich auf dem anderen Sessel nieder und wartete geduldig auf die Antwort.

"Ich habe etwas angestellt", platzte Luzifer heraus.

"Nun das ist nichts Neues", lachte der Sensenmann.

"Dieses Mal ist es aber richtig schlimm." Der Tod sah ihn forschend an, dann goss er dampfenden Tee in die Tassen.

"Hast du eine Massenhysterie ausgelöst?"

"Schlimmer."

"Eine neue Zivilisationskrankheit?"

"Noch schlimmer."

"Du hast aber doch hoffentlich keinen neuen Weltkrieg angezettelt?", riet der Tod weiter und Besorgnis lag in seiner Stimme.

"Nein, aber es ist genauso schlimm", gab der Teufel zu. "Lydia redet nicht mehr mit mir." Entsetzten breitete sich auf dem Gesicht des Todes aus.

"Was um Himmels Willen hast du getan?", schrie ihn der Sensenmann an.

"Nein! Nicht diese Formulierung!", schrie der Teufel zurück, dem sich bei der Erwähnung von Himmels Willen die Zehennägel kräuselten.

"Oh! Entschuldige." Der Schwarzgewandete schlug sich die Knochenhand vor den Mund.

"Ich hatte einen schwachen Moment mit einer Dämonenfrau", gestand der Teufel. "Dabei ist Lydia selbst schuld", folgte sofort die Verteidigung seines Fehltritts. "Hätte sie mich in letzter Zeit nicht so vernachlässigt, dann wäre das alles nicht passiert."

"Du hast sie betrogen? Eine Hexe? Dein eigenes Eheweib?" Verständnislos, über die Dummheit des Teufels, schüttelte er den Kopf.
"Ja, ja und nochmals ja!", fauchte Luzifer. "Es ist eben passiert!"
"Und was sagt sie dazu?" Erwartungsvoll lehnte sich der Tod etwas über den Tisch nach vorne.
"Nichts. Das ist es ja. Seit Tagen ignoriert sie mich."
"Luzifer, was soll ich sagen? Es ist schon schwierig sich mit normalen Hexen anzulegen, aber mit des Teufels Frau? Was hast du dir dabei nur gedacht?" Ratlos sank der Sensenmann in seinen Sessel zurück. "Hast du es schon mit Blumen versucht, Schokolade, Pralinen, oder einem Schmuckstück?" Verdutzt sah ihn der Höllenfürst an.
"Nein, habe ich nicht."
"Dann versuche es. Ich kann euch ja am Wochenende besuchen, ganz zufällig und dann kannst du mir berichten, wie es gelaufen ist", schlug der Tod vor.
In den folgenden Tagen überhäufte mich mein Gatte mit Geschenken. Die komplette Vorhölle stand voller Blumengebinde, Schmuckkästchen und Theken voller süßer Leckereien. Ich zog nur eine Augenbraue hoch, beim Anblick dieser Fülle von Gaben. Er nannte mich auch nicht mehr "Weib", wie es sonst seine Art gewesen war, sonder verwendete Namen wie Täubchen, Sahnestück, oder Herzblut. Als er mich einmal mit "Mein Engelchen" ansprach, wobei er sich beinahe die

Zunge abgebissen hätte, musste ich mich arg zusammenreißen, nicht in schallendes Gelächter auszubrechen. Ich biss mir auf die Lippen und verließ schweigend den Raum. Das Wochenende kam und ich öffnete dem Tod die Tür, um ihn einzulassen. Er begrüßte mich wie immer, wenn er zu Besuch war, herzlich und höflich und nannte mich "Mein Kind". Ich brachte ihm Kaffee an den Tisch und ignorierte meinen höllischen Gatten. Dann verließ ich schweigend, ohne auch nur einen Blick an ihn zu verschwenden, das Zimmer. Ich hatte es nicht nötig zu lauschen, denn die Feuerkröte, die ich unter einem umgekippten Eimer in der Küche platziert hatte, würde mir später alles berichten.
"Du hast dich ja ganz schön ins Zeug gelegt", fing der Tod an zu sprechen. Luzifer sah ihn verwirrt an.
"Ich meine das ganze Zeug, dass die Vorhölle verstopft."
"Ach das. Es hat nichts geholfen."
"Das habe ich bemerkt."
"Ich weiß nicht, was ich noch tun soll." Verzweifelt vergrub der Teufel sein Gesicht in den Händen. "Ich liebe sie doch so höllisch."
"Wann hast du ihr das denn zuletzt gesagt?", wollte der Tod wissen. Es dauerte eine Weile, bis Satan zu einer Antwort ansetzte.
"Das muss irgendwann im Mittelalter gewesen sein." Nachdenklich kratzte er sich zwischen den Hörern.

"Vor, oder nach der Pest?"
"Ich glaube vorher."
"Luzifer, es wundert mich, dass sie erst jetzt nicht mehr mit dir spricht. Keine Frau wartet gerne über vierhundert Jahre auf ein "Ich liebe dich"!", belehrte ihn der Tod.
"Und du denkst, dass ist der Grund, warum sie immer noch nicht mit mir spricht?"
"Der Grund ist, dass du sie betrogen hast. Ihr deine Liebe nicht zu gestehen könnte aber ein Faktor sein, der die Situation noch verschärft."
"Dann meinst du, ich soll es ihr sagen?", fragte der Teufel.
"Ich meine, dass du so tief in der Scheiße sitzt, dass du alles versuchen solltest, um es wieder gerade zu biegen", erwiderte der Tod. "Sogar dann, wenn du ihr anbieten müsstest, dass sie es dir gleichtun dürfe." Das Gesicht des Teufels hellte sich plötzlich auf.
"Das ist die Idee!", rief er freudig. "Ich sage ihr, dass sie mich ebenfalls betrügen darf und dann sind wir quitt."

"Gut. So soll es sein", sagte ich, als mir mein Gatte nach einer überschwänglichen Liebeserklärung den Vorschlag im Schlafgemach machte. Ich ließ mich auf diesen Handel nur ein, weil ich es selbst schon nicht mehr aushielt, ihn zu ignorieren. Wie bereits gesagt, ich liebe ihn. Doch das hielt mich nicht ab, ihn noch ein wenig zu quälen. "Das heißt dann

wohl, ich kann mir zweimal einen Bettgefährten holen", stellte ich in den Raum.
"Was? Nein! Niemals!", fauchte er. Qualm und Dampf stieg unter den Laken empor und verteilten einen satten Schwefelgeruch um das Bett.
"Doch. Denn wenn du es mir gestattest, ist es kein betrügen." Zu gerne hätte ich sein Gesicht gesehen, doch ich ließ meine Augen geschlossen und tat so, als wäre dies alles nur eine Feststellung. Der Höllenfürst hatte eine tiefrote Färbung angenommen und war aus dem Bett gesprungen. Er tobte und wütete, schlug mit den Fäusten Löcher in die Wand und heulte auf. Aus den Augenwinkeln konnte ich beobachten, wie es ihn innerlich schier zerriss, bei dem Gedanken, ich könne ihn wahrhaftig betrügen.
"Dieser verfluchte Tod!", schrie er. "Er alleine ist schuld. Gleich morgen werde ich ihm jeden seiner verfluchten, milchig weißen Knochen brechen!"
"Was hat denn der Tod mit all dem zu schaffen?", fragte ich unschuldig.
"Er war es, der mir diesen Vorschlag gemacht hat."
"Und es war gut so", setzte ich nach. Verdutzt blickte er mich an.
"Wie meinst du das?"
"Weil du sonst nie gesagt hättest, dass du mich liebst. Wir dieses Gespräch nie geführt hätten und du nie gefühlt hättest, was ich gefühlt habe, als ich dich mit diesem Monster sah." Die Worte taten ihre Wirkung, denn der Teufel kroch schweigend zu mir

unter die Bettdecke. In dieser Nacht habe ich ihn das erste Mal weinen gehört und den Teufel zum Weinen zu bringen, ist unbezahlbar. Aber ich hatte ja bereits angekündigt, dass er es teuer bezahlen würde.

Wir haben nie wieder ein Wort darüber verloren. Nur manchmal, wenn er ein wenig übermütig wird, erinnere ich ihn an das, was ich noch frei habe.

Ein seltsamer Verehrer

Mein Name ist Maria. Ein, in Bayern üblicher, in meinen Augen etwas altbackener, gebräuchlicher Mädchenvorname, der mir noch nie wirklich gefallen hat. Meiner Mutter wahrscheinlich auch nicht, denn sie nannte mich vom ersten Tag an Marie.
Ich war erst einundzwanzig, als ich meine Eltern durch ein Unglück verlor, auf das ich nicht weiter eingehen möchte, denn es hat mit dem Verlauf der Geschichte nichts weiter zu tun. Lediglich der Umstand, mich vor ihrem Grab auf dem Friedhof zu befinden bescherte mir die Begegnung mit IHM.
Ich goss die Blumen. Eine saharagleiche Hitzewelle zwang mich öfter an die Ruhestätte meiner Eltern, als jeder andere Sommer zuvor. Es gab Tage, an denen machte es mir nicht viel aus, Tage, an denen ich mich gerne dort aufhielt und Tage, an denen es mich eine enorme Überwindung kostete. Heute war ein neutraler Tag, weshalb ich mich nach getaner Arbeit auf die Bank setzte, welche nur wenige Meter entfernt stand, um mich ein bisschen auszuruhen. Obwohl es bereits nach Acht war, drückte die Hitze noch enorm. Viele Menschen gossen die Gräber um diese Zeit und ich beobachtete das rege Treiben auf dem Friedhof, als mir ein Mann auffiel. Er trug einen schwarzen Anzug, entgegen der sonst sehr luftig bekleideten Besucher, hatte schwarze Haare und ein jugendli-

ches, hübsches Gesicht. Die verschiedenen Gräber betrachtend, blieb er mal vor diesem, mal vor jenem stehen und schüttelte dann leicht den Kopf. Ich musste lächeln, über die Art wie er die Zustände der Grabstellen zu beurteilen schien und mein Blick blieb an ihm haften. Ich verfolgte ihn mit meinen Augen, bis er auch zum Grabstein meiner Eltern gelangte. Neugierig, auf seine Reaktion und die abschließende strenge Bewertung meiner Arbeit, beobachtete ich ihn weiter. Enttäuscht musste ich feststellen, dass ich kein Feedback erhalten sollte. Stattdessen kam er mit einem Lächeln direkt auf mich zu und blieb vor mir stehen.
"Darf ich mich setzen?", fragte er und seine Stimme klang dunkler und voller, als ich es von einem Mann in seinem Alter erwartet hätte.
"Natürlich", erwiderte ich. "Es gibt kein Verbot die Bänke auf dem Friedhof zu benutzen."
"Dankeschön", sagte er und ließ sich neben mir nieder. Vorsichtig betrachtete ich ihn von der Seite. Verwunderung machte sich in mir breit, denn der Mann schien trotz seines Anzugs nicht zu schwitzen. Er ertappte mich, als unsere Blicke sich trafen. Unbeholfen lächelte ich und wendete meinen Blick sofort ab.
"Sie sind oft am Grab ihrer Eltern", stellte er fest. Ein wenig verdutzt über diese Aussage antwortete ich mit einem 'JA'. Noch nie zuvor hatte ich diesen Mann hier in der Anlage gesehen. Wie es schien,

beobachtete er mich allerdings schon seit geraumer Zeit.
"Die Hitzewelle. Es ist zu trocken. Man kommt mit dem Gießen kaum noch hinterher." Zustimmend nickte er.
"Und sie arbeiten hier?", fragte ich. Er lachte.
"So würde ich es nicht bezeichnen. Aber ich habe hier zu tun. Also liegen sie mit ihrer Vermutung nicht ganz falsch." Beim besten Willen konnte ich mir nicht vorstellen, was ein junger Mann auf dem Friedhof zu tun hatte, wenn es sich dabei nicht um einen Gärtner, Pfarrer, oder einen Bestatter handelte.
"Was genau haben sie denn hier zu tun? – Auf dem Friedhof, meine ich", wagte ich einen Frontalangriff.
"Ich sehe nach dem Rechten." Eine knappe Antwort, die mir nichts verriet. Offensichtlich wollte er nicht darüber reden, also hakte ich nicht weiter nach.
"Welchen Beruf haben sie denn?", fragte er mich.
"Keinen", lautete die Antwort. Auch ich beherrschte das Spiel, nichts von mir zu verraten. Und es war nicht einmal gelogen. Ich hatte nie einen Beruf gelernt. Als ich die Schule verlassen hatte, fing ich in einer Fabrik an zu arbeiten, in der ich auch heute noch mein Geld verdiente. Um ihm keinen weiteren Anlass zu geben, mich noch mehr zu fragen, fügte ich hinzu, dass ich jetzt nach Hause müsse, weil es schon spät geworden war. Er nickte zustimmend und ich zog von dannen.

Am nächsten Tag saß er bereits auf der Bank, als ich auf das Grab zusteuerte. Ich nickte kurz zur Begrüßung in seine Richtung und machte mich daran, Wasser über den ausgetrockneten Boden zu kippen und ein Grasbüschel herauszurupfen, das ich Tags zuvor übersehen hatte.
Gerade, als ich mich wieder erhob, blickte ich in das Gesicht des jungen Mannes, der mit verschränkten Armen von hinten über dem Grabstein lehnte und mich beobachtet hatte. Ich erschrak und er entschuldigte sich.
"Es lag mir fern, sie zu erschrecken. Eigentlich wollte ich nur fragen, ob sie sich nicht ein bisschen zu mir auf die Bank setzten wollen, wenn sie fertig sind." Das wollte ich nicht, doch er lächelte mich so bittend an, dass ich es unmöglich ausschlagen konnte, wollte ich nicht den Eindruck hinterlassen, unhöflich zu sein. So saßen wir nebeneinander und plauderten über belanglose Dinge. Das Wetter, die vielen hübschen Grabsteine und Blumen. Ich fing an ihn zu sympathisch zu finden und die Zeit schien vorbei zu fliegen. Plötzlich war es dunkel.
"Sie sollten nach Hause gehen", bemerkte er plötzlich, als wir eine Weile geschwiegen hatten. Wir verabschiedeten uns und als ich das Tor erreicht hatte, warf ich einen Blick zurück. Eine leere Bank, am Rande des Weges, der durch die Grabreihen führt, war alles, was ich sah.
Am nächsten Tag war er nicht da. Auch am übernächsten nicht und auch für den Rest der

Woche sollte es so bleiben. Es war seltsam, aber ich vermisste diesen ungewöhnlichen Mann, von dem ich nicht einmal den Namen wusste. Am Wochenende hatte ich keine Zeit, mich um das Grab zu kümmern, da ich es bei meiner Tante verbrachte.

Montags saß ich, nach getaner Arbeit, wieder auf der Bank. Ich sah die schwarze Gestalt schon von weitem und ein Lächeln floss bei seinem Anblick über meine Lippen. Auch er lächelte und setzte sich zu mir auf die Bank. Für einen Moment saßen wir schweigend nebeneinander.

"Wo waren sie die letzten Tage?", fragte ich unverblümt. Es interessierte mich wirklich.

"Ich hatte zu tun", lautete die Antwort.

"Dann sind sie nicht nur auf dem Friedhof tätig?"

"Sie doch auch nicht", lachte er. Das stimmte wohl und so ließ er mich weiterhin neugierig.

"Entschuldigen sie bitte, wenn ich so direkt frage", setzte ich an. "Aber warum sind sie so oft hier?" Ich sah ihn an. "Ich meine, sie gehen durch die Reihen, betrachten die Gräber und doch scheint keine Grabstelle unmittelbar mit ihnen zusammen zu hängen." Unsere Blicke trafen sich. Ich merkte, dass ihm die Antwort nicht leicht über die Lippen kam.

"Es ist – wie soll ich sagen - wegen ihnen", stotterte er schließlich.

"Wegen mir?" Erstaunt betrachtete ich mein Gegenüber. "Warum wegen mir?"

"Ich hoffe, ich beleidige sie nicht, wenn ich ihnen die Wahrheit sage. Jedoch sehen sie jemanden sehr ähnlich, den ich einmal sehr geliebt habe." Dieses Geständnis ließ mich erröten. Ich fühlte mich geehrt, solche Gefühle in jemandem auszulösen.
"Und diese Person ist hier begraben?"
"Ja. Ich weiß nur leider nicht wo genau. Doch dann habe ich sie gesehen." Sein Gesicht nahm einen verzweifelten Ausdruck an.
"Und dann haben sie gemerkt, dass ich jemand anderes bin."
"Ja."
"Und sie wissen nicht, wo sie begraben ist? Ich könnte ihnen suchen helfen", bot ich meine Hilfe an. Sein Gesicht hellte sich auf.
"Das würden sie für mich tun?"
"Aber sicher", sagte ich und lächelte ihn aufmunternd an. "Wie heißt sie denn?"
"Katherina Bergmann." Ich ging mit ihm über den Friedhof und wir klapperten jeden Grabstein und auch die Urnengräber ab. Viele prächtige Gräber befanden sich darunter und auch einige verwahrloste, um die sich keiner mehr kümmerte. Je weiter wir uns dem alten Teil der Anlage näherten, umso seltsamer wurde mir zumute. Ich betrachtete den Mann neben mir genauer. Der Anzug hatte einen altmodischen Schnitt, der mir bisher nicht aufgefallen war. Auch das Nadelstreifenmuster war mir nicht ins Auge gestochen. Was mir jetzt

allerdings schlagartig in die Glieder fuhr, war die Tatsache, dass es jedes Mal der gleiche gewesen war.

Als wir alle Gräber dieses Teiles besichtigt hatten, blieben wir am Tor stehen.

"Kann es sein, dass sich das Grab dort drüben befindet?", fragte ich vorsichtig. Ich hatte ein ungutes Gefühl in der Magengegend, als ich auf den alten Teil der Anlage deutete. Geschichten von Geistern und lebendigen Toten schossen mir durch den Kopf.

"Ich denke nicht. Sie ist doch erst kürzlich gestorben", lautete die Antwort. Ich blickte in sein Gesicht und meine Horrorvisionen verschwanden. Er sah einfach zu lebendig, zu real aus und schließlich waren es nur Hirngespinste.

"Dann ist sie hier auch nicht begraben." Meine Feststellung ließ ihn traurig werden.

"Danke, dass sie mir trotzdem geholfen haben, zu suchen." Er klang gedrückt. Ich wollte ihn ein bisschen aufmuntern und da wir bereits über schöne, alte Grabsteine gesprochen hatten machte ich ihm einen Vorschlag.

"Wo wir schon einmal hier sind, könnten wir doch einen Blick hinein werfen. Auf alten Friedhöfen verbergen sich immer kleine Schätze. Bestimmt finden wir dort das ein oder andere Prachtstück."

Er versuchte seine Enttäuschung zu verbergen, lächelte mir entgegen und ich nahm seine Hand. Sie war angenehm kühl, trotz der drückenden

Schwüle. Wir schlenderten durch die Reihen und sahen uns die Grabstellen an. Zauberhaft umrankt und auch furchtbar verwilderte Steine kamen zum Vorschein. Ein besonders schönes Grab, mit einer Marienstatue an der Seite des Steines hatte es mir angetan. Mit Rosen versetzte Umrandungen hatten den Kampf gegen wilden Efeu verloren. Ich ging näher heran um den Stein davon zu befreien.

"Danke", sagte mein Begleiter plötzlich hinter mir stehend. Ich blickte mich um und sah die Tränen, die ihm über seine Wangen flossen. Verwirrt blickte ich zu dem Stein zurück. Die Inschrift ließ mir das Blut in den Adern gefrieren.

Hier ruht
Katherina Bergmann
*13.06.1902
✞18.07.1952

Ein herausragendes Oval befand sich in der oberen linken Ecke. Darin war ein ausgeblichenes Bild zu erkennen. Es war die Fotografie einer Frau, die mir bis aufs Haar zu gleichen schien.

"Das kann nicht sein", wollte ich zu ihm sagen, doch er war verschwunden. Ein Schauer lief mir über den Rücken. Wie angewurzelt stand ich halb auf dem Grab, die Efeuranken noch in der Hand, die ich zur Seite gehoben hatte. Ich fuhr zurück, beeilte mich über den verwachsenen Pfad zum Hauptweg zu kommen und stolperte in Richtung des schmiedeeisernen Tores auf der Rückseite des alten Friedhofs. Dort angekommen fiel ich gegen

die geschlossenen Gitterstäbe. Mit dem Rücken an die Wand gepresst rutschte ich nach unten und saß, den Blick auf die Gräber gerichtet, im ungemähten Gras. Ich konnte es nicht fassen, was mir gerade passiert war. Meine Panik niederkämpfend, griff mein Verstand die einzige Möglichkeit auf, die mir logisch erschien.
Ich hatte ein Blackout. Das alles war nicht passiert. Oder ich wurde gerade verrückt. Langsam begann ich mich zu beruhigen. Ich konnte durch die Gitter, die den alten Teil vom Neuen trennten, Menschen sehen. Mit Gießkannen und Blumentöpfen bewaffnet gingen sie geschäftig ihren Verpflichtungen nach. Ich stand auf und ging mit erzwungener Beherrschung zurück, bis ich wieder in der neuen Anlage stand.
Es dauerte drei Jahre, bevor ich erneut in den alten Teil des Friedhofs schritt. Die Geschichte hatte mir keine Ruhe gelassen und bei meiner Recherche fand ich auch das Grab meines seltsamen Verehrers.

Ronjas Kobold

Glaubst Du an Hexen? Oder Geister, Dämonen, Einhörner und andere Wesen aus Sagen, Legenden und Fabeln?
Nein?
Dann will ich Dir die Geschichte erzählen, die einst einem Mädchen passierte, welches ich kannte.
Sie hieß Ronja, war sechzehn Jahre alt und glaubte an NICHTS. Ja wirklich. Sie glaubte nicht an den Weihnachtsmann, nicht an das Christkind, nicht an Feen, oder gute Geister. Vor allem aber, glaubte sie nicht an Drachen, Elfen oder gar Kobolde.
Den Drachen war es egal, ob irgendeine Ronja an sie glaubte, oder nicht. Über die Jahrhunderte hinweg waren sie viel zu hochmütig geworden. Die Entwicklung der Menschen beobachtend, gefiel es ihnen sehr unzählige Geschichten, Bücher und Filme über sie entstehen zu sehen. Sie wussten, dass es sie gibt, schon immer gab und auch in Zukunft geben würde. Die Menschheit hatte sie nicht vergessen und würde das auch in den nächsten Jahrhunderten nicht tun. Die Feen schüttelten den Kopf, die Elfen und guten Geister zuckten mit den Schultern. Schließlich gab es viele Menschen, die nicht an sie glaubten. Die Einhörner wieherten laut vor Lachen, die Dämonen kratzten sich nachdenklich zwischen ihren Hörnern und beschlossen sich nicht weiter davon stören zu lassen. Was machte schon der ein oder andere

Mensch aus, wenn es Millionen gab, die sie fürchteten?
Nur Gurodgor, der König der Kobolde, fand es bedenklich. Es war nicht einmal die Tatsache, dass Ronja nicht an die Wesen an sich glaubte. Es war der Umstand, dass sie an gar nichts glaubte. So einen Menschen hatte er bisher noch nicht erlebt und das wollte etwas heißen. Immerhin trug er stolze neunhundertsiebzehnundzwanzig Jahre an Erfahrung mit sich umher. So machte er es sich zur Aufgabe, das Mädchen letztlich an irgendetwas glauben zu lassen. Und wenn es das Unglück selbst sei, an das sie glauben würde. Sofort machte er sich auf in die verschachtelten Kellergewölbe, tief unter der Erde, in denen viele Schriften lagen. Dort konnte man alles finden, wenn man nur lange genug danach suchte. Es war viel, was er fand. Jedoch einen Weg, einen Menschen, der an rein gar nichts glaubte, an etwas glauben zu lassen, fand er nicht. Enttäuscht stieg er die tausend Treppen der tausend Räume wieder an die Oberfläche zurück. Ein ganzes Jahr war vergangen und er benötigte noch ein weiteres, um sich für einen seiner Untertanen zu entscheiden, der dieses Wunder vollbringen sollte. Schließlich entschied er sich für Schnurpel.
Er war ein gemütlicher Kobold, der seine kleinen Koboldgeschäfte beflissentlich erledigte. Schnurpel wunderte sich, beim König antreten zu müssen. Der kleine Kerl konnte sich nicht erklären, wozu er

seine Hilfe benötigen könnte, denn es gab viele im Schloss des Königs, die ihm dienten. Schnurpel war nicht begeistert, als er hörte, welche Aufgabe der Herrscher der Kobolde ihm geben wollte. Der Oberkobold nannte es eine Prüfung, weil er nicht wusste, wie er den Auftrag sonst begründen sollte.
"Wie soll ich das anstellen, Euer Majestät?", fragte er, tief vor dem Thron verneigt.
"Ich bin sicher, du kannst das. Du erledigst deine Geschäfte so sorgfältig, dass du der einzige bist, dem ich es zutraue." Dem Untertan sagte die Aufgabe nicht zu, doch sich dem König zu widersetzen, getraute er sich nicht. So machte sich Schnurpel auf, um in die Menschenwelt zu gehen. Er hatte schon viel davon gehört, wie es sein sollte, dort, bei den Menschen. Selbst war er jedoch noch nie über die Grenzen des Koboldreiches hinausgekommen. Ein seltsames Gefühl befiel ihn, als er den Waldrand erreichte. Es war trocken. Nicht so schön feucht, wie in den Höhlen, in denen sie wohnten, die tief in der Erde lagen und von deren Decken an den Wurzelspitzen stets Wassertropfen hingen. Und es war hell. Viel heller, als er es je erblickt hatte. Blinzeln stand er im Schatten der wuchtigen Bäume und überlegte, ob er auf das offene Feld treten konnte, ohne dabei zu sterben. Schnurpel wusste, was die Sonne war, die mit voller Kraft vom Himmel auf die Wiese vor ihm leuchtete und er spürte die Wärme, die von ihr ausging. Die Sonne ist ein brennendes Ding,

welches furchtbar hell und heiß sein konnte. So mancher von den Tiefenkobolden hatte sich die grünspanüberzogene Haut schon ihretwegen verbrannt. Das erzählten die alten Kobolde. Schnurpel besah sich seine Arme, ob er sich auch schon verbrannt hätte. Sie waren grün und moosig, so wie immer. Er ließ sich an einem Baumstamm nieder und blieb im Schatten sitzen. Sicher war sicher und er wagte nicht, die Probe aufs Exempel zu machen und in die hellen Sonnenstrahlen zu tappen. Es gab noch etwas über der Erde, was es im Koboldreich nicht gab. Man nannte es Nacht. Es war die Zeit, in der die gefährliche Sonne schlafen würde und etwas, das Mond hieß, sein kaltes Licht über das Land würfe. Außerdem sollte es dunkel werden. Nicht so dunkel, wie in den Höhlen und Gängen, Schächten und Mulden, die sie in die Erde gegraben hatten, aber doch so, dass es ungefährlich war, sich dann zu bewegen.
Der Kobold wartete und während er das tat, neigte sich der Tag langsam seinem Ende und die untergehende Sonne tauchte den Himmel in ein Farbenspiel aus warmen Orange- und Rottönen. Erst, als sie nicht mehr zu sehen war und der Mond die Herrschaft übernommen hatte, wagte er sich einige Schritte vom Rand des Waldes weg. Unsicher bewegte Schnurpel sich über die Wiese, bis er an einen Weg kam. Wege führten zu Siedlungen und dort waren Menschen. Dort war auch dieses Mädchen, diese Ronja, die an nichts

glauben wollte. In der Ferne sah er plötzlich Lichter auftauchen. Schnurgerade hielt er darauf zu. Wenn er sich beeilte, dann wäre er schneller wieder zu Hause. Dann konnte er wieder in seine Höhle, in die feuchte Dunkelheit und das tun, was er am besten konnte.

Es war ein kleines Dorf, an dessen Friedhof er ankam. Erstaunt stellte Schnurpel fest, dass auf diesem Feld, welches von einer Mauer umgeben war, viele Steine mit Schriftzeichen standen. Schnurpel kramte in seinen Erinnerungen und widmete sich einem besonders alten Stein.

„Hiiiiiiier ruuuuuht Mmmmaaaaaax Friiid Friidriichhhhh", las er sich selbst laut vor. Verstört ging er einen Schritt zurück. Sollte alles falsch sein, was die Kobolde glaubten über die Menschen zu wissen? Wohnten sie ebenfalls unter der Erde, so wie sein eigenes Volk? Wozu dann diese Steinbauten, die sie Häuser nannten? Schnurpel schüttelte den Kopf. Er war verwirrt und wusste im ersten Augenblick nicht, was er davon halten sollte.

Gelächter lenkte ihn ab. Neugierig schlich er sich an das Tor, welches diese Erdbunker von den restlichen Menschenwohnungen abzugrenzen schien. Vielleicht gab es ja zwei Arten von Menschen? Welche die unter der Erde lebten und andere, die es vorzogen sich überirdisch aufzuhalten.

Schnurpel nahm eine Bewegung wahr. Seine Augen wurden groß, als er einen Kobold, dicht gefolgt von einer riesigen Blumenelfe um die Ecke eines der vielen Häuser der Siedlung huschen sah. Ein Kerlchen, nur wenig größer als er selbst, mit spitzen Ohren und gelben Hosen. Einen ausgehöhlten Kürbis im Arm, auf der Flucht vor einer Elfe. Ein ungewöhnliches Wesen, welches er in dieser Größe noch nie zu Gesicht bekommen hatte. Lange, wehende, blonde Haare, ein rosarotes Röckchen und grüne Beine, deren Füße in etwas steckten. Schnurpel wusste nicht was es war, aber es war weiß und Bänder hingen davon weg. In der Hand hielt sie einen Stab, auf dessen Spitze ein Stern prangte und sie war seltsam bunt im Gesicht. Das war eine Monsterelfe. Schwer atmend zog sich der Kobold zurück und presste sich an die kalte Mauer des Friedhofs. Elfen in Normalgröße waren schon gemeine Biester. Sie zogen und zerrten an den Haaren, kniffen einen in die Nase und pusteten Blütenstaub hinein, so dass man furchtbar nießen musste. Das war einer der Gründe, warum die Kobolde lieber unter der Erde lebten, wo sich diese Wesen nicht aufhalten mochten. Wehe aber, war man gezwungen sich aus den schützenden Höhlen zu begeben. Dann musste man höllisch aufpassen, denn sobald einen eine davon erblickte, dauerte es nicht lange und ein ganzes Geschwader der libellengroßen Plagegeister fiel über einen her. Schnurpel wurde ganz schlecht, bei dem Gedanken daran, was eine so große Elfe mit ihm anstellen konnte. Wäre er nicht schon von Kopf bis Fuß grün

wie Gras gewesen, sein Gesicht wäre es jetzt geworden. Ihm zitterten die Knie und es dauerte eine Weile, bis er seine Nase wieder um die Mauerecke steckte, um zu sehen, was sich auf den Straßen noch so tat.
Werwölfe, Zwerge, Orks und allerlei unbekanntes kleines Volk lief dort umher, klopfte und schellte um Einlass in die Häuser und rief und sang. Türen öffneten sich, Menschen und Monster reichten Schalen mit bunten, kleinen Päckchen hinaus und lächelten, bevor sie die Türen wieder schlossen, um kurz darauf die nächsten Besucher zu beschenken. Kreischend und lachend kreuzten sie ihre Wege, begrüßten sich, zeigten sich gegenseitig das Innere von seltsamen Beuteln, die sie mit sich trugen und schienen sich gut zu verstehen, denn manchmal tauschten sie den Inhalt untereinander aus. Dann packten sie die bunten Dinger aus und schoben sich den Inhalt in den Mund. Schnurpel stand mit großen, ungläubigen Augen hinter der Mauer und beobachtete, wie die riesige Elfe, den Kobold an der Hand, wieder auf der Straße auftauchte.
Hier ist alles anders, nichts so, wie es sich gehört, dachte er. Angestrengt überlegte er, ob er es wagen könnte, aus seinem Versteck hervor zu treten. Immerhin hatte er noch den Auftrag des Königs zu erfüllen und wie es schien, gab es nichts, wovor er sich fürchten musste. Zaghaft schritt er durch das Tor und blieb vor dem Gitter stehen.

Wenn es jetzt gefährlich würde, könnte er sich schnell hinter die Mauern, zu den Erdmenschen flüchten. Doch keiner behelligte ihn. Sie waren so beschäftigt in ihrem Treiben, dass der kleine Kobold gar nicht gesehen wurde. Langsam setzte er sich in Bewegung und ging weiter in das Innere des Dorfes. Die ersten Wesen, denen er begegnete, konnte er nicht einordnen. Sie hatten weiße flatternde Häute, durch deren Löcher ihre Augen blickten. Darunter lugten Arme und Beine hervor und auch sie trugen komische Dinger an den Füßen, wie die Elfe. Schnurpel wollte ihnen aus dem Weg gehen, doch sie zogen ihn mit sich und schleppten ihn vor eine Tür, bei der sie Einlass begehrten. Sie öffnete sich, noch ehe sie ihren Reim ausgesprochen hatten und ein furchteinflössender Teufel stand in ihrem Rahmen. Er drehte den Kopf nach hinten und fing an zu rufen.
"Ronja! Die Schale ist leer!" Kurz darauf hörte Schnurpel Schritte hinter dem Teufel und das Mädchen erschien mit drei Beuteln, die diese bunten Päckchen enthielten.
Das war also das Menschenkind, das an nichts glauben sollte? Schnurpel betrachtete sie eingehend, als sie die Schüssel auffüllte, während der Teufel spendabel den Inhalt verteilte. Die Wesen mit den weißen Häuten liefen lärmend davon und der kleine Kobold blieb alleine vor dem Teufel stehend zurück.

"Hast du keine Tüte? Haben dir die größeren deine Beute abgenommen?", fragte er den kleinen mitleidig. Schnurpel, dem erst jetzt bewusst wurde, dass er alleine dort stand, nickte eifrig mit dem Kopf, weil er sich nicht anders zu helfen wusste.
"Ronja lauf, bring dem Jungen eines der fertigen Tütchen auf dem Küchentisch." Zu Schnurpel gewandt grinste er freudig. "An so einem Tag soll keiner leer ausgehen, nicht wahr?" Der Rote streckte die Hand nach dem Kobold aus und tätschelte ihm breit grinsend den Kopf. Eine schrille Stimme schallte aus der Küche und rief den Teufel zu sich. Des Kobolds Augen wurden immer größer, als eine wahrhaftige Hexe im Flur des Hauses erschien. Ein furchtbar hässliches Weib, mit schwarzen langen Haaren, einer krummen Nase und einem schwarzen Zahn, dicht gefolgt von Ronja, dem Menschenkind.
"Mam, lass mich durch!", motzte Ronja, die mit einer Tüte zur Tür drückte. Sie reichte Schnurpel das bunte Gebilde, welches so schwer war, wie der Kobold selbst, während der Teufel mit der Hexe im Haus verschwand.
"Hier! Und jetzt verpiss dich, Kobold!" Mit einem Rums warf sie ihm die Tür vor der Nase zu. Schnurpel war überwältigt. Eilig zerrte er den Beutel in Richtung Friedhof, wo er sich in Sicherheit wähnte und setzte sich mit dem Geschenk ins Gras. Ronja glaubte an Kobolde und ihr Vater war ein Teufel. Die Mutter eine Hexe und sie lebte in

einem Dorf, in dem Monster, Elfen, Kobolde und seltsame Weißhäute zusammenlebten. Neugierig nahm er eines der kleinen Päckchen aus dem Beutel, den er geschenkt bekommen hatte. Interessiert begutachtete er es. Dann packte er es aus und hatte einen braunen Würfel in der Hand, der verführerisch duftete. Kurz überlegte er, doch dann siegte die Neugierde und er stopfte sich das Stück in den Mund. Es war herrlich süß und schmolz ihm auf der Zunge. Als er es gegessen hatte, leckte er das Papier noch ab, weil es so köstlich war. Plötzlich schossen ihm Tränen in die kleinen Koboldsaugen. Noch nie hatte er etwas geschenkt bekommen. Schnurpel zerfloss innerlich vor Dankbarkeit und beschloss, dass Ronja für ihre Tat nie wieder vom König der Kobolde belästigt werden dürfe. Mühsam schleppte er den Beutel zurück in die Koboldstadt, tief unter die Erde. Er erzählte dem König von seinem Erlebnis und zum Beweis legte er die vielen Leckereien vor. Gurodgor, der König war überwältigt und beschloss, dass alles was er über Ronja gehört hatte, eine Lüge sei.
Und die Moral von der Geschichte?
Die Kobolde glauben jetzt an ein Dorf, in dem die seltsamsten Wesen hausen und sich gegenseitig mit süßen Würfeln beschenken und nur die Angst vor Neuem und Unbekanntem hält sie davon ab, dorthin zu gehen.

Ronja glaubt immer noch nicht an Kobolde, obwohl sie einem begegnet ist und auch Halloween ist ein Fest, welches sie einfach nur nervt.
Die Dinge sind halt oft nicht so, wie sie einem scheinen und wer die Wahrheit nicht fürchtet, der sollte einen zweiten Blick riskieren.

Der Schwarze Bote

In beinahe jeder Familiengeschichte lassen sich unheimliche Erzählungen finden, wenn man nur tief genug in der Vergangenheit gräbt. Signale aus dem Jenseits, Geistererscheinungen, welche Warnungen überbringen, oder erlösende Hinweise auf versteckte Familienschätze. Uhren, die zum Zeitpunkt des Todes plötzlich und ohne Grund aufhören zu ticken, Bilder, die ohne Zutun von der Wand fallen, oder andere Zeichen, welche das Entschwinden der Seele zu bestätigen scheinen.
Eine solche Geschichte möchte ich Euch jetzt erzählen.
Es war während des Zweiten Weltkriegs und Marianne, meine Großmutter von mütterlicher Seite hatte ihre liebe Not die Kinder durch diese harte Zeit zu bringen. Kaum reichte das Essen, um die Kindermägen zu füllen und richtig satt war schon lange keiner mehr von ihnen geworden. Hungrige Augen blickten aus jedem der schmal gewordenen Gesichter zu ihrer Mutter, die nach Kräften versuchte ihnen gerecht zu werden. Ihr Mann war im Krieg, wie die meisten Männer, was ihr alles an Kraft abverlangte, das sie aufbringen konnte.
Als er von seiner Familie weggerissen wurde, um seine ungeliebte Pflicht zu tun, versprach er seiner Frau auch im Falle seines Todes wieder zu kehren.

"Wenn ich tot bin, dann komme ich als schwarzer Hund zurück und klopfe an dein Fenster", versuchte er sie über den Abschied hinweg zu trösten.

Meine Großmutter war viel zu beschäftigt ihre Familie über Wasser zu halten, als dass sie sich Gedanken über diesen letzten Satz hätte machen können. Lange Zeit freute sie sich über jeden Brief von ihm, der den Weg nach Hause fand. Dann brach der Kontakt ab. Die eigenen Sorgen, die Bombenalarme und die Not in dieser Zeit hinderten sie, sich mit dem Gedanken zu beschäftigen welcher folgen musste.

Die Bestätigung, über den Tod ihres Mannes traf sie hart. In dieser Nacht fand sie keinen Schlaf und eine Erinnerung an die letzten Worte ihres Abschieds drang in ihr Gedächtnis. Umso mehr erschrak sie, als es am Fenster klopfte. Zögernd näherte sie sich und sah durch die dünnen Glasscheiben nach draußen.

Ein riesiger schwarzer Hund saß vor ihrem Fenster und kreidebleich riss sie die hölzernen Flügel auf.

"Karl? Bist du es?" Gebannt wartete sie auf eine Antwort. Zugleich schalt sie sich selbst, weil sie so etwas Dummes hoffte. Ein Knurren kam von dem schwarzen Tier, das plötzlich zu sprechen begann.

"Ja, ich bin es." Marianne wusste nicht, ob die Stimme ihres geliebten Gatten von dem Hund, oder nur in ihrer Fantasie durch ihren Kopf fuhr. Da sprach er auch schon weiter.

"Wenn der Bahnhof in Aubing zerbombt wird, ist der Krieg vorbei. Dann wird es euch wieder gut gehen."
Ein trauriger Blick aus treuen Augen sah zu ihr durch das Fenster. Starr sah sie dem Hund zu, wie er sich umdrehte und im Dunkel der Nacht entschwand.
Marianne verlor das Bewusstsein.
Am folgenden Tag fielen die Bomben, die den Bahnhof in Aubing zerstörten und es kam, wie die Erscheinung es angekündigt hatte.
Der Krieg fand sein Ende.
Viele Jahre schwieg sie über die nächtliche Begegnung und trug das Geheimnis mit sich herum. Bis an ihren letzten Tag war sie sich nicht sicher, ob sie dieses Erlebnis tatsächlich hatte, oder ein wirrer Traum ihrer Erschöpfung und Trauer sie überfiel.
Ich für meinen Teil, bin mir sicher, dass in der Stunde ihres Todes ein schwarzer Hund neben ihr am Sterbebett gesessen hat, denn als es mit ihr zu Ende ging, glitt ihre Hand mehrmals streicheln durch die Luft.

Das letzte Paar Schuhe

Als mein Urgroßvater ins Krankenhaus kam, war der ganzen Familie bewusst, dass er es nicht mehr aus eigener Kraft verlassen würde. Der Anruf, es ginge auf die letzte Stunde zu, überrannte uns dennoch. Es war selten, dass die ganze Familie zusammenkam, doch nun war es soweit. Seine Frau, die Kinder und Kindeskinder und auch deren Kinder standen um sein Bett versammelt. Entsetzte Gesichter, blass und mit Tränen in den Augen. Wartend auf das, was da kommen musste.
Doch es kam nicht. Stattdessen wollte er seine braunen Lederschuhe gebracht haben. Meine Urgroßmutter schüttelte den Kopf.
"Die brauchst du doch nicht hier, im Krankenhaus. Du hast doch die Pantoffel", sagte sie.
"Jetzt nicht, aber später", lautete seine dünnstimmige Antwort.
So ging es eine ganze Woche. Immer wieder ein Anruf, es wäre jetzt doch soweit und stundenlang saßen wir an seinem Bett. Jeden Tag ging es ihm schlechter und jeden Tag forderte er aufs Neue seine ledernen Schuhe.
Als die Qual, ihn so zu sehen, für meine Urgroßmutter unerträglich wurde, packte sie ihm schließlich doch noch die braunen Schuhe ein und brachte sie ihm ins Krankenhaus.

Sie nahm sie aus der Tüte und drückte sie ihm in die Hände. Tränen flossen ihr über die faltigen Wangen, als sie ihn endlich gehen ließ.
Die Schuhe in den Händen starb er mit einem unhörbaren Dank auf den Lippen.
Wenn ein Sterbender dich um Schuhe bittet, dann erfülle ihm diesen Wunsch, denn du weißt nicht, welchen Gang er noch vor sich hat...

Zaubernächte

Die Thomasnacht / Wintersonnwende

Am 21. Dezember solle das Haus rein gemacht werden. Mit Räucherwerk werden die bösen Geister aus den Räumen vertrieben, damit sie die "heilige Zeit" nicht stören.

In der Nacht könne man den Namen seines zukünftig Liebsten erfahren, indem man sich verkehrt herum ins Bett legt und den heiligen Thomas um seine Hilfe in diesem Fall bittet.

Mit etwas Glück träumt man dann von seiner großen Liebe.

Ein anderer Zauber besteht in beschriebenen Zetteln, die mit verschiedenen Namen versehen, gefaltet unter dem Kissen liegen müssen, auf dem man schläft. Es sind auch unbeschriebene Blätter darunter und am nächsten Morgen zieht man einen davon hervor. Er verrät den Menschen, mit dem man eine Beziehung im nächsten Jahr eingehen wird. Leere Zettel stehen dabei für Unbekannte.

Was früher heimlich gerne von den jungen Mädchen sehr sorgfältig ausgeführt wurde, ist in den heutigen Tagen in Vergessenheit geraten.

Dennoch ein schöner Zauber, den man gefahrlos nachmachen kann. Nur sollte man das Ergebnis nicht allzu ernst nehmen.

Die zwölf Raunächte

Mit der Wintergöttin Berchta als Schutzpatronin, die vom 25. Dezember bis 06. Januar im Jahr verankert liegen, stehen sie als Symbol für die zwölf Sternzeichen, die kommenden zwölf Monate und die fehlenden Tage zwischen Mond- und Sonnenkalender. Sie setzen sich aus den sechs letzten Tagen des alten Jahres und den sechs ersten des Neuen zusammen. Genauer betrachtet wird der Wandel sichtbar, den sie mit sich tragen.

In diesen Nächten, so sagt man, sind Träume wahrheitsdeutend und besonders für Orakel und Rituale geeignet, die sich mit Glück und Geld beschäftigen. Was in dieser Zeit geschieht, erlebt wird, oder einem als Idee im Kopf herumschwirrt, erfülle sich leichter als zu jeder anderen Zeit im Jahr.

Brauchtum erhält durch stete Wiederholung dieses Wissen am Leben. So finden in der Schweiz, in der letzten der Raunächte (vom 5. auf den 6. Januar), die Perchtenumzüge statt, mit denen die bösen Geister vertrieben werden. Rau, also wild, aber auch Rauch und pelzig, beschreibt das Aussehen der Gestalten.

24. Dezember

Alte Geschichten erzählen von sprechenden Tieren in der Nacht vom 24. auf den 25. Dezember. Als

Weihnachtsnacht bezeichnet, können in ihr Dinge passieren, die als unglaublich betitelt werden dürfen.

Silvester

Die Nacht vom 31. Dezember auf den 1. Januar ist die Nacht der stärksten Wahrheitswirkung. Bei Weissagungen in dieser Nacht geht es meist um Liebe, Ehe und Familie. Auch Glück und Geld werden gerne mit einbezogen. Der wohl bekannteste Zauberbrauch, als Blick in die Zukunft des kommenden Jahres, ist das Bleigießen, das auch heute noch gerne von vielen praktiziert wird. Die letzte Nacht, die uns ins Neue Jahr führt, wird gefeiert. Der bewusste Wandel aus der Vergangenheit in unsere Zukunft ist auch ein guter Anlass, für so ein Fest. Es ist die Nacht, in der wir durch "Gute Vorsätze" unser Leben in andere Bahnen lenken.

6. Januar

Spätestens an diesem Tag soll alle Dekoration aus dem vergangenen Jahr entfernt werden. Auch der festlich geschmückte Weihnachtsbaum findet den Weg nach draußen. Dieser Akt des Wegräumens übernimmt symbolisch das Ablegen der Vergangenheit. Es ist wieder Platz für Neues.

Zukunftsträume in den Raunächten

Träume, die in diesen Nächten in den Schlaf fließen, sollte man sich merken. Nicht selten erfüllen sie sich. Ob nun als Warnung, oder als Ansporn etwas zu erreichen, denn der Glaube versetzt bekanntlich Berge...

Das Zauberbuch

Bücher über Zauberei gibt es wie Sand am Meer. In jedem gut sortierten Buchhandel kann man sie für kleines Geld erwerben. Allerlei Sprüche, Rituale, Mixturen, Rezepte und Anleitungen, für vermeintlich magisch Kundige, sind darin zu finden. Man möchte glauben, die Händler sollten Buch führen, über die Personen, denen sie solch gefährliches Werkzeug aushändigen. Immerhin ist die versehentliche Verwandlung in eine Kröte nur für den Ausübenden lustig, nicht aber für den, der verwandelt wurde. Fliegen zu fressen ist kein Spaß und auch eine mit Warzen übersäte Haut zählt nicht zu den Top Ten, in der Liste der Wünsche, die äußere Schönheit betreffend. Welch ein Segen, dass die meisten dieser Bücher Fälschungen sind und die wahren Zauberbücher, die mit wirklicher Macht, nur in wenigen Fällen in die falschen Hände fallen. Doch keine Sorge, solch ein Fehler passiert äußerst selten. Ich würde nie behaupten, dass er nicht passiert, doch sind die Fälle, die mir bekannt sind, eher rar. Im Vergleich zu absichtlichen Verwandlungen einer ungeliebten Person, in solch ein Tier, sogar verschwindend gering.
Es gibt Unterschiede zwischen magischen Zauberbüchern und solchen, die von nichtmagischer Menschenhand geschrieben wurden. Echte Zauberbücher sind unvergänglich. Sie überstehen ALLES - so lange es kein passender Vernichtungs-

zauber ist, der ihre Seiten in Brand setzt. Was den Buchmarkt betrifft, so überfluten fantasievolle, nichtmagische Exemplare die Hundertschaften der Leser und Leserinnen, welche wahrlich fiebernd das Erscheinen dieser Bände erwarten. Erschreckend, wenn man bedenkt, dass zu Filmen und Serien, die sich irgendwie mit Zauberei beschäftigen, ein entsprechendes Buch angefertigt wird. Auch hier findet man die verworrensten Beschreibungen und Zaubersprüche, die vielleicht in ihrer Einfältigkeit faszinieren mögen, in ihrer Wirkung allerdings gegen Null laufen.
Echte Zauberbücher gibt es wenige und selten ist eines unter ihnen, welches wirklich etwas taugt. Meist werden sie vererbt, von einem Meister an den Schüler, von der Hexe an die Tochter. Doch es kommt auch vor, dass man sie an ganz offizieller Stelle findet. Etwa in einem Antiquariat. Eine gefährliche Sache, wenn man sich einmal vor Augen führt, welche Personen sich die Macht in ihnen so leicht einverleiben können, ohne wirklich zu wissen, welchen Schaden sie damit anstellen können.
Dabei gibt es einfache Bücher, in denen geschrieben steht, was eben geschrieben steht und solche, die eine Art Intelligenz besitzen. Diese Bücher sind sich ihrer voll bewusst und verhindern durch ihren eigenen Willen so manchen Unfall, den der Umstand, an öffentlicher Stelle gelandet zu sein, zwangsläufig nach sich ziehen würde.

Und - diese Bücher haben Namen.
Ekyrul ist eines dieser Bücher und ich möchte Euch von ihm erzählen.
Einst gehörte es einer mächtigen Hexe, die viele Zauber in dem Buch verewigte. Sie war eine gute Hexe, welche die Menschen liebte und ihnen half, wo es nur ging. Trotzdem machte der Fluch der Inquisition auch vor ihrer Tür nicht Halt. Eleonore wurde auf dem Scheiterhaufen verbrannt, weil sie mit dem Teufel im Bunde sein sollte. Die Ironie dieser Geschichte liegt wohl daran, dass der Teufel selbst sie zu diesem Schicksal verurteilte. Den Teufel sieht man nicht, wenn man auf einen rothäutigen Kerl mit Pferdefuß und Hörnern wartet. Er symbolisiert das Böse und hat keine wahre Gestalt. Wie Rauch schlüpft er mal in jene, mal in andere Erscheinungsbilder und wenn er als Eichhörnchen durch die Baumwipfel hüpft, dann ist es so und wenn er im Gewand der Kirchenmänner durch die Straßen wandelt, ist auch das so, ohne etwas dagegen unternehmen zu können.
Eleonore war keine dumme Hexe und so ahnte sie ihren Tod voraus. Um Ekyrul nicht in die falschen Hände fallen zu lassen, vergrub sie das Buch zuvor auf dem Friedhof in geweihter Erde, wo der Teufel keinen Zugriff darauf haben konnte und kein Zauber der Welt, ob nun gut, oder Böse, es aufzuspüren vermochte. So ruhte das Zauberbuch über dreihundert Jahre unter der Oberfläche, vor den Augen Aller verborgen.

Das Schicksal selbst wollte es, das Ekyrul an die Oberfläche befördert wurde. Eine Baggerschaufel traf auf das Buch, welches in halb zerfallenen Leinen zum Vorschein kam. Anton Meurer, Mitarbeiter der Landschaftsgärtnerei, welche mit diesem Auftrag betraut worden war, vermutete einen Leichenfund, weshalb er in die Grube hüpfte und erleichtert feststellte, dass es sich nur um ein Buch handelte.
"Falscher Alarm!", rief er seinem Kollegen im Führerhaus zu und krabbelte aus der mannstiefen Grube. Ekyrul unter den Arm geklemmt, begab er sich zu seinen Kollegen.
"Was war es denn?", wollte Peter wissen.
"Ein Buch."
"Ein Buch? Hier auf dem alten Friedhofsgelände?" Ungläubige Blicke trafen ihn.
"Genau."
"Zeig her!", forderte Max, ein anderer Kollege und Anton hielt es ihm entgegen. Dieser wischte die restliche Erde von dem Bucheinband und ließ die Seiten mit seinem Daumen blättern.
"Kann noch nicht lange gelegen haben, sieht aus wie neu", bemerkte er. "Ekyrul", las er langsam die Prägung auf dem ledernen Deckel, als er es wieder geschlossen hatte.
"Hört sich an, wie eines dieser Online- Games, die mein Sohn dauernd spielt."

"Lass mich mal sehen!", forderte Anton das Buch zurück. Er schlug es auf und begann zu grinsen. "Hört euch das an! Abgeschabter Krötenschleim einer mittelgroßen Unke, Löwenzahnwurz einen halben Zoll lang, vier Spinnenbeine..."
"Hört sich an wie ein Kochrezept meiner Schwiegermutter", scherzte Max und Peter verfiel in schallendes Gelächter.
"Oder ein Zauberbuch", setzte er glucksend hinzu.
"Wäre das nicht etwas für deine Tochter?", fragte Max. "Du hast doch immer erzählt, dass sie auf so abgefahrenes Zeug steht, so mit Hexen und Zauber und so?"
"Ich nehme es ihr mit. Sie flippt aus, wenn sie hört, dass ich es auf dem Friedhof gefunden habe." Und mit diesen Worten verschwand Ekyrul in einem Rucksack, der nach Leberkäse und Laugengebäck roch.
Annalena betrachtete das Buch mit skeptischem Blick.
"Du musst es nur ein bisschen sauber machen. Ich bin mir sicher, keine deiner Freundinnen kann mit so einer gruseligen Geschichte aufwarten. Ein Zauberbuch vom alten Friedhof. Ist das nicht klasse?" Strahlend hielt er es seiner Tochter hin. Sie rümpfte die Nase, bedankte sich aber artig bei ihrem Vater für das Mitbringsel. Was wusste er schon von ihren Freundinnen? Sie standen auf Charmed und hatten alle Bücher und DVD's, die es von der Serie gab. Annalena, kurz Lena, interessier-

te sich für echten Hexenkult, den sie in zahlreichen Bibliotheken der Stadt und dem Internet recherchierte. Und nur, weil ihr Vater ein Buch auf dem Friedhof gefunden hatte, musste es sich dabei nicht zwangsläufig um ein magisches Werk handeln. Lena nahm Ekyrul mit auf ihr Zimmer, wo sie es gelangweilt durchblätterte. Schneckenschleim und Spinnenfäden waren keine Zutaten für einen Trank der Wahrheit, der sie interessierte. Wer wusste schon, wer dieses sinnlose Geschwafel auf die Seiten geschrieben hatte und achtlos legte sie es auf den Schreibtisch. Dann warf sie sich wieder auf ihr Bett, wo ihr Laptop lag und forschte in den unendlichen Weiten eines Wicca-Zirkels nach handfesteren Informationen. Sie fand nichts, was sie nicht bereis in unzähligen Stunden recherchiert hatte und tippte gelangweilt Suchbegriffe nach wahrer Magie in die Leiste einer Suchmaschine. Nach einer Weile stolperte sie über eine der vielen okkult anmutenden Seiten, die sich im World Wide Web aneinanderreihten, wie die Perlen einer billigen Modeschmuckkette. Neugierig klickte sie auf das Ergebnis, welches ihren Blick gefangen hatte. Ein Fenster, in dunklen violetten und grünen Tönen gehalten, sprang auf ihren Bildschirm. Eine düstere Stimmung schien von der Webseite auszugehen, was ihre Neugierde noch steigerte. Sie klickte sich durch das ganze Menü und klappte enttäuscht den Laptop zu. Fast jeder Zugang forderte ein Passwort von ihr, welches sie nicht kannte. Die zugänglichen Texte waren oberflächlich gehalten und gaben so gut wie keine Information preis. Kein Hinweis, wie man sich dort registrieren konnte, um auf die geschützten Seiten zu kommen. Lena drehte sich auf den Rücken und blieb nachdenklich auf dem Bett liegen. Der Sinn einer solchen Plattform wollte ihr einfach nicht in den Kopf gehen.

Ekyrul beobachtete das Mädchen. Sahen so die Hexen der heutigen Zeit aus? Junge, unerfahrene Dinger, mit seltsamen Brettern, die man zusammenklappte wenn man die Bilder nicht mehr sehen wollte? Waren diese Bretter, die nicht aus Holz zu sein schienen, eine neue Version der Kristallkugel? Der Ledereinband verzog sich zu einem fragwürdigen Stirnrunzeln an der oberen Ecke. War dieses Mädchen womöglich gar keine Hexe? Ein heller glockenähnlicher Ton bewegte das Mädchen aus ihrer eingenommenen Lage. Sie rollte auf den Rücken und klappte den Bildschirm wieder nach oben. Das Gesicht eines weiteren Mädchens tauchte auf der glatten Fläche auf. Sie hatte schwarze, lange Haare, schwarze Lippen und tiefe Augenränder.

"Na endlich!", begrüßte Lena sie. "Ich dachte schon du wirst überhaupt nicht mehr wach." Lächelnd betrachtete sie das sich bewegende Bild.

"Ich war gestern auf einer Party."

"Das sehe ich", juxte Lena und deutete mit dem Finger auf die eigenen, makellosen Augenlider.

"War es eine Hexenorgie? Du trägst immer noch den schwarzen Lippenstift." Sie und Ria waren seit einiger Zeit mit einer Gruppe junger Leute unterwegs, die sich für Hexen in der Neuzeit interessierten. Ein bunt zusammengewürfelter Haufen, der sich mit Übermut und meistens auch mit Alkohol des Nachts die unheimlichsten Rituale ausdachte. Auf dem Friedhof um ein frisch ausgehobenes Grab zu tanzen, war dabei noch das Harmloseste. Lenas Vater wusste nichts von alle dem und versuchte weiterhin seine Tochter mit der gebührenden Strenge zu erziehen, die im Moment Hausarrest vorsah, weil sie unter der Woche erst um halb elf nach Hause gekommen war. Sie hatte zwar Ferien, aber es gab nun einmal Regeln in diesem Haus, für deren Einhaltung er sich verantwortlich fühlte.
"Nein. Es war eine normale Party." Annalenas Vater duldete auch nicht, dass sie auf Partys ging. Er meinte, sie sei zu jung für solchen Unfug. Das war einer der Gründe, warum sie mit ihrem Dad in letzter Zeit nicht gut auskam. Wahrscheinlich war es auch der Grund, warum er dieses dreckverschmierte Buch angeschleppt hatte. Er wollte etwas gut machen, von dem er selbst nicht genau zu wissen schien, was es war. Lena wusste es schon. Es war der Hausarrest, seit dessen Beginn sie keine überflüssigen Worte mehr mit ihm wechselte.

"Du hättest dabei sein sollen. Es war echt geil und ich habe jemanden kennengelernt." Bedeutungsvoll zog das Bildschirmmädchen die Augenbrauen nach oben und ein breites Grinsen zog sich über ihr Gesicht.

"Ach? Wen den?" Lena sah sie erwartungsvoll über die Webcam an.

"Einen Zauberer. Er heißt Nathan, zumindest hat er das gesagt."

"Und was macht dieser Nathan?"

"Zaubern. Was sonst?", lachte die Schwarzhaarige. "Er ist in einem Zirkel. Lena, ein richtiger Zirkel. Nicht so ein Firlefanz mit Gläschen rücken und Karten legen, wie es die unseren machen. Das ist eine ganz andere Welt." Recherchen über die Wicca, die weißen Hexen, hatte Lena genug angestellt. Dank dem Internet wusste sie bestens bescheid. Dass Gläschen rücken nicht wirklich etwas brachte, war ihr schon seit Langem bekannt. Ein wahrhaftiger Zirkel in ihrer näheren Umgebung war eine Neuigkeit, die sie aufhorchen ließ.

Ria hatte ihre ganze Aufmerksamkeit und die Aufmerksamkeit von noch jemandem. Ekyrul.

Das Zauberbuch sog die Informationen aus dem Gespräch der beiden Mädchen auf, wie Wüstensand ein Glas verschüttetes Wasser. Nathan war ein junger Mann, der sich nicht mit derlei Humbug beschäftigte. Er redete von Beschwörungen, Flüchen und Heilzaubern durch die Beschreibung des Bildschirmmädchens, als wären diese ein

Klacks. Dreizehn Jungen und Mädchen seien in seinem Zirkel, der nichts gegen die Aufnahme von weiteren Mitgliedern hätte, sobald sie eine Probe bestehen würden.

"Und was für eine Probe soll das sein?", fragte Lena, die gespannt der Erzählung ihrer Freundin gelauscht hatte.

"Genau darin liegt der Haken", seufzte Ria. "Er verlangt einen Zauberspruch, der funktioniert. Etwas verschwinden lassen, oder etwas herbeizaubern."

"Das ist nicht sein Ernst? Oder doch?" Ungläubig sah sie auf den Bildschirm.

"Leider schon."

"Dann hat er nicht alle Tassen im Schrank. Es gibt keinen Zauberspruch, der funktioniert. Du kannst nicht mit den Fingern schnippen und Hoplahopp fängt es an zu regnen, oder so."

"Wenn es nach ihm geht, dann schon."

"Da hat dir der Kerl wohl einen ganz schönen Bären aufgebunden", lachte Lena, doch ihre Freundin blieb ernst.

"Nein, das glaube ich nicht. Denn er hat es mir gezeigt."

"Was hat er dir gezeigt?" Neugierig sah sie ihre Freundin an.

"Er hat goldene Kugeln herbei gezaubert. Ein kurzes Drehen im Handgelenk und schon lagen sie auf seiner Handfläche. Dann hat er sie in die Luft geworfen und schon waren sie weg. Sie sind nicht

mehr auf den Boden gefallen, das hätte ich gesehen, oder gehört."
"Ein Zaubertrick, nichts weiter. Dein Nathan ist ein Taschenspieler. Wahrscheinlich ist es nicht einmal sein richtiger Name", vermutete sie.
"Na jedenfalls werde ich ihn heute wieder sehen. Er hat mich eingeladen und möchte mir ein paar Zauber zeigen. Hast du nicht Lust mitzukommen?"
"Hausarrest!", konterte Lena mit einem genervten Unterton in der Stimme.
"Hausarrest?", wiederholte Ria ungläubig. "Und das an einem Freitag? Bist du für solche Strafen nicht schon ein bisschen zu alt?" Lenas Freundin runzelte fragend die Stirn.
"Nicht, wenn es nach meinem Vater geht." Ein abschätziger Ton kam über ihre Lippen. "Und ich bin mir sicher, du würdest lieber mit 'Zauberer Nathan' alleine sein." Sie zwinkerte in die Webcam und grinste ihrer Freundin entgegen.
"Eigentlich nicht. Ich meine, er ist schon ein interessanter Typ. Aber irgendwie habe ich auch ein bisschen Angst. Er wirkt so furchtbar erwachsen. Außerdem, was, wenn es kein simpler Zaubertrick war, das mit den Kugeln? Oh Annalena, du würdest deine Beste Freundin doch nicht im Stich lassen? Komm doch mit. Bitte." Lena überlegte. Es würde eine Menge Ärger geben, wenn ihr Vater bemerkte, dass sie sich heimlich aus dem Haus schlich.

"Bitte, bitte. Komm mit", tönte es aus dem Lautsprecher des Laptops.

"Na gut. Aber ich kann erst nach neun. Da läuft Papas Lieblingssendung. Wenn die kommt, dann sieht und hört er nichts anderes und ich kann unbemerkt aus dem Haus schleichen. Und ich muss um elf wieder zu Hause sein."

"Danke, danke, danke! Es wird bestimmt nicht so spät."

Annalenas Vater wunderte sich nicht über das ablehnende Verhalten seiner Tochter. Seit Tagen sprach sie nicht mehr mit ihm, als unbedingt notwendig und verkroch sich in ihrem Zimmer. Wenn sie weiterhin bockig sein wollte, dann sollte sie es nur tun. Die Strafe würde trotzdem nicht aufgehoben. Mit einem Bier und einer Schale Chips machte er es sich auf der durchgesessenen Couch bequem. Der Fernseher gab einen surrenden Laut von sich, als die Bildröhre flackernd anfing zu arbeiten. Herrlich war sie, diese Ruhe im Haus, wenn Töchterchen bockte.

Annalena wartete die bekannten Töne der Titelmelodie ab und stahl sich auf Zehenspitzen aus der Wohnung. Über ihren Schultern hing ein Rucksack, in den sie das Buch gepackt hatte. Wenn dieser Nathan so auf Zaubersprüche aus war, dann konnte er damit vielleicht etwas anfangen. Als sie den Parkplatz hinter der alten Bibliothek erreichte, sah sie zwei Gestalten unter

einer der Straßenlaternen. Sie erkannte Ria und vermutete Nathan den Zauberer in der Zweiten.
"Hallo!", sagte sie. Nathan sah sie an. Sein Blick war durchdringend, wie der eines Habichts.
"Hallo!", begrüßte Ria ihre Freundin. "Das ist Nathan. Nathan, das ist Annalena. Das sagt aber keiner. Jeder nennt sie Lena." Nathan streckte ihr die Hand entgegen, ohne seine Augen von ihr abzuwenden. Was keiner der Anwesenden bemerkte, war der Impuls, der Ekyrul in der Dunkelheit des Rucksacks durchfuhr. Ein leichtes Glimmen durchzuckte kurz die Ränder der Seiten, als es die Quelle der dunklen Macht spürte, die von dem jungen Mann ausging.
"Wie lange steht ihr denn schon hier?", fragte Lena. "Deine Hände sind eiskalt", stellte sie fest, die Frage an den Zauberer gerichtet.
"Eine Weile", erwiderte dieser und lächelte sie freundlich an. Ria war auf der Party interessant gewesen. Sie schien eine Art Talent zu besitzen, welches mit harter Arbeit ausgebaut werden konnte. Allein ihr Name hörte sich prophetisch an, doch in Hinblick auf ihre Freundin, diese Annalena, war sie Nichts. Nathan spürte ihre Anwesenheit lange bevor sie den Parkplatz betreten hatte, um auf die beiden zuzusteuern. Lena war eine Quelle, dessen war er sich sicher.
"Und? Was zauberst du jetzt für uns? Lässt du wieder Kugeln erscheinen und verschwinden?" Sie grinste ihn an. Ria stand unschlüssig neben den

beiden und wusste nicht, wie sie reagieren sollte. Während ihre Freundin sich gerade einen Witz erlaubte, verzog Nathan nicht eine Mine. Das Lächeln, welches er Annalena schenkte, schien in seinem Gesicht festgefroren zu sein. Es war eine angestrengte Situation zwischen den dreien. Elektrische Ladung hing in der Luft, die mit Blitz und Donner jeden Moment losgehen konnte.

"Möchtest du denn, dass ich dir Kugeln zaubere?", fragte er lauernd. Er war sich des verbalen Angriffs bewusst, den das Mädchen gestartet hatte. Lena tat, als müsse sie überlegen.

"Nein. Wenn ich Taschenspielertricks sehen möchte, gehe ich in eine Zaubershow." Ihr herausfordernder Ton reizte ihn. Nathan hatte viel Kontakt mit Jugendlichen und kannte ihre unhöflich frechen Sprechweisen. Es hatte ihn Jahre gekostet sie nicht mehr ernst zu nehmen. Bei Lena fiel es ihm schwerer, sich zu beherrschen.

"Was wären denn keine Taschenspielertricks, in deinen Augen?", forschte er, immer noch dieses Lächeln auf den Lippen.

"Du könntest dich in einen Frosch verwandeln. Vielleicht wirst du dann ein Prinz, wenn dich ein hübsches Mädchen küsst." Schelmisch blickte sie zu Ria, die puterrot anlief.

"Du bringst Menschen gerne in Verlegenheit", stellte Nathan fest. Er machte eine Pause, bevor er den Satz vervollständigte. "Ich kann mich nicht in

einen Frosch verwandeln. Das wäre nicht nach meiner Natur."
"Wie schade", stellte sie fest. Der junge Mann fing an zu lachen. Ria lachte auch und Lena tat es ihnen gleich. Es war, wie ein Knopf welcher betätigt wurde, der die angestaute Situation zu lösen schien. Plötzlich war die Spannung verflogen. Sie setzten sich auf die Bank an der Wand und unterhielten sich von da an, wie normale Teenager. Musikgruppen, Hobbies, Trends und alles Mögliche.
Nathan musste sich beherrschen, seine Erkenntnis über Annalena als Quelle nicht über sich kommen zu lassen. Die meisten Quellen von Magie waren sich ihrer Macht nicht im Ansatz bewusst. Behutsamkeit war gefragt. Er beschloss eine Freundschaft zu ihr aufzubauen, um sein wahres Vorhaben zu verbergen. Das war der einzige Grund, warum er sich über belangloses Zeug wie dieses unterhielt und ihnen zuhörte. Zuhören war überhaupt bei allem der Schlüssel zum Erfolg. Es war der Weg gewesen, der ihm eröffnete, wie sehr Ria sich die Zugehörigkeit zu einem echten Zirkel wünschte. Augenscheinlich war er deshalb derjenige, der ihr diesen Zugang bieten konnte. Sie würde alles tun, um ihn davon zu überzeugen, dass er sie aufnehmen sollte.
Seine Gedanken schweiften mit der Zeit zu Martina, der ersten Quelle, die er sich geholt hatte. Das Mädchen hatte sich damals nichts mehr

gewünscht, als beachtet zu werden. Ihre Magie war jetzt fast verbraucht. Als er sie kennengelernt hatte, kam sie ihm unendlich vor. Was er allerdings bei Lena spürte, schoss wie eine mächtige Welle über seinem Kopf zusammen, schien ihn zu umspülen, ohne ihn zu berühren. Er fühlte es, konnte es aber nicht fassen. Dagegen war Martinas Magie nur ein leichter Sommerregen gewesen. Neu, frisch und nicht besonders langlebig, hatte er sie mit einem Griff seiner Gedanken an sich gebunden. Lena hingegen, trug die Wucht von Jahrhunderten. Alte Magie, die sie im Grunde mit ihren sechzehn Jahren gar nicht besitzen konnte. Etwas Unfassbares war ihm in Gestalt dieses Mädchens begegnet.
"...das ist doch so, Nathan?" Rias Stimme riss ihn zurück in die Gegenwart.
"Entschuldige, ich habe die letzte Frage nicht richtig verstanden." Er setzte sein charmantestes Lächeln auf und blickte Ria tief in die Augen. Ein Zauber, den er aus dem FF beherrschte.
"Die Aura..., sie zeigt denen, die sie sehen können auch die Magie an", wiederholte sie.
"Das ist richtig. Leider bin ich kein Sehender. Diese Menschen sind sehr selten. Ich kann dir also nicht verraten, wie viel davon in dir steckt."
"Was hältst du von Tränken? Mit Krötenschleim und Spinnenbeinen und so?", scherzte Lena. Ihr hatte die "normale" Unterhaltung gefallen und sie wollte jetzt nicht in die mystische Welt von Zauber

und Magie abtauchen. Ria sah sie tadelnd an. Gerade hatte sie ein ernsthaftes Gespräch mit Nathan begonnen und ihre Freundin musste es ins Lächerliche ziehen.
"Man sollte aufpassen, dass man sich nicht daran verschluckt." Nathan lächelte und hoffte dadurch seine Überraschung über die Frage zu überspielen. Hatte sie gezielt danach gefragt? Wusste sie, was sie war? Ahnte sie es vielleicht, oder war es nur eine Scherzfrage gewesen? Er konnte es nicht einschätzen. Er wusste nur, er musste diese Quelle anzapfen, sie besitzen, sie sich eigen machen.

Schuldbewusst stand Annalena vor der Haustüre, die ihr Vater mit finsterem Blick für sie aufhielt.
"Wie spät ist es?", fragte er sie. Lena hatte ein ungutes Gefühl in der Magengegend und wagte es nicht ihm in die Augen zu sehen.
"Papa, ich..."
"Wie spät ist es!?", donnerte ihr die Frage ungnädig entgegen.
"Zwei?", murmelte sie.
"Es ist fast halb drei! Und du hast Hausarrest! Was, bei allen Guten Geistern, hast du dir dabei gedacht?"
"Es tut mir leid", versuchte Lena sich zu entschuldigen.
"Das tut es nicht. Aber das wird es noch. Die nächsten zwei Wochen wirst du nämlich noch mal

zu Hause sein." Lena setzte zu einem Protest an, den ihr Vater mit erhobenem Zeigefinger bremste.
"Du gehst jetzt in dein Zimmer und höre ich auch nur ein Murren, oder Maulen kommt noch eine Woche drauf. Haben wir uns verstanden, junge Dame?" Lena nickte mit eingezogenem Kopf und stapfte missmutig an ihm vorbei, die Treppe hoch, in ihr Zimmer.
"Verdammt!", entfuhr es ihr, als die Tür hinter ihr ins Schloss fiel. Sie wusste, dass sie sich die Lage selbst eingebrockt hatte und war auf sich selbst sauer. Die Zeit war einfach zu schnell vergangen. Wäre sie um elf auf ihrem Zimmer gewesen, hätte ihr Vater nicht einmal bemerkt, dass sie fort gewesen war.
Der Rucksack landete unsanft auf dem Bett und hüpfte auf der Matratze. Dabei rutschte das Buch ein Stück heraus und Lenas Blick fiel auf den Einband. Ekyrul, las sie auf dem ledernen Einband. Ein seltsamer Titel für ein Buch voller schleimiger Zutatenlisten, dachte sie. Lena nahm es aus dem Rucksack und legte es wieder auf den Schreibtisch. Die Müdigkeit ergriff Besitz von ihr und sie ging ins Bett.
Am nächsten Morgen kam sie erst um halb neun zum Frühstück. Ihr Vater saß mit Kaffee und Zeitung am Tisch.
"Was machst du denn noch hier? Müsstest du nicht längst in der Arbeit sein?", fragte sie erstaunt.

"Guten Morgen! So viel Zeit muss sein und nein, ich habe heute frei."
"Guten Morgen", erwiderte sie schuldbewusst.
"Ich werde bis Nachmittag dennoch nicht im Haus sein. Lass dir ja nicht einfallen wegzugehen, sonst engagiere ich einen Babysitter", drohte ihr Vater. Lena sah ihn entsetzt an.
"Ich bin sechzehn!", protestierte sie.
"So benimmst du dich aber nicht und damit ist diese Diskussion beendet." Er klappte die Zeitung zusammen, trank den letzten Schluck aus der Tasse und stellte sie in das Spülbecken. Lena blickte wortlos mit offenem Mund hinterher, als er aus der Tür schritt. Zorn färbte ihre Wangen rot und sie stampfte bebend die Treppe hoch. In ihrem Trotz schmiss sie die Tür kräftig in die Zarge und warf sich auf ihr Bett.
"Sonst engagiere ich einen Babysitter, blablablabla", äffte sie ihn nach. Es dauerte eine Weile, ehe sie sich beruhigte. Ihr Zimmer war also ihr Gefängnis. Ekyrul fiel in ihr Blickfeld und sie holte das Buch vom Schreibtisch. Dafür, dass es in der Erde gelegen hatte, war es erstaunlich sauber. Nicht ein Krümel Dreck klebte am Einband, oder den Seiten.
Sachte schlug sie es auf. Ein Gefühl von Geborgenheit machte sich in ihr breit. Als wäre es etwas Bekanntes, das sie vergessen hatte und nun wieder von ihr gefunden wurde. Das Werk in ihren Händen kam ihr unendlich wertvoll vor. Behutsam

blätterte sie die Seiten um. Eine verschnörkelte Zierschrift zog sich über das Papier. Es schienen Versprechen zu sein, aus längst vergessenen Zeiten. Feine Linien, die wie Kunstwerke auf der Oberfläche prangten, gaben Zaubersprüche und Rezepte preis. Lena betrachtete jede Seite, um in der Mitte angekommen, unbeschriebenes Papier vorzufinden. Eine helle Musterung zog sich darüber und es gab Druckstellen. Als hätte es jemand beschrieben und dann wieder alles herausradiert. Sie versuchte die unsichtbare Schrift zu entziffern, doch es gelang ihr nicht. Unschlüssig blätterte sie weiter. Neue Schriften kamen. Weitere Worte tauchten auf, die sich zu Sätzen, Formeln und Anweisungen für Rituale formten.
"Die Macht zu sehen", floss der Titel im Flüsterton zwischen ihren Lippen hervor. Was genau hatte Nathan über die Sehenden gesagt? Es gäbe nur wenige Menschen, die dessen mächtig wären?

Die Macht zu sehen erhalte, wer ihrer würdig. Zum Schutze gereichet es und vollende sich in bewusster Ebene des Geistes sobald die Formel von den Lippen geformt in die Freiheit entlassen. Wer so gesegnet, dem bleibe nicht verborgen was Menschenaugen nicht zu sehen vermögen.

Lena kratzte sich nachdenklich am Kopf, während sie die Zeilen noch einmal las. Das sollte wohl bedeuten, dass man die Aura anderer Menschen sehen konnte, wenn man den Zauber aussprach. Sie las weiter.

Bedenke, willst den Schutz du aufrechterhalten, so zeige weder Geste noch gib einen Laut über das, was sich dir offenbart. Schweige zu den Bildern der Welt, die sich vor dir auftut und nutze dein Wissen, um zu retten. Dich selbst, oder jene, welche deines Herzens sind.

"Was könnte so schrecklich sein, dass man es nicht aussprechen sollte?", fragte sie sich selbst. Wenn sie den Text richtig deutete, dann mussten getarnte Monster unter ihnen leben. Die Vorstellung von blauen, pelzigen Wesen mit Fangzähnen und Klauen, die einem aus giftgelben Augen

anblitzten und sich in den Hosenbeinen festbissen, ließen ihr ein Schmunzeln über die Lippen gleiten.
"So lasse mich sehen, was verborgen, gewollt, oder nicht. Es zerspringe der Spiegel der Blindheit, der Schleier zerbricht." Mit gekünstelter Theatralik in der Betonung, hatte sie den Reim laut gelesen. Das sollte alles gewesen sein? Kein Blitz, kein helles Leuchten, oder ein unheilvoller Windstoß? Es war doch nur ein Buch, in welches irgendjemand fantasievollen Unsinn geschrieben hatte. Enttäuscht klappte sie es zu. Ekyrul aber war zufrieden. Es hatte ihr bedacht diesen Zauber zukommen lassen. Dieser Nathan war gefährlich. Ein Magiefresser, von einer Dunkelheit, wie Ekyrul es schon lange nicht mehr gespürt hatte. Lena sollte sehen, was er in Wirklichkeit war. Was er machte.
Die Tage vergingen und Annalenas Hausarrest näherte sich dem Ende. Ria hatte sich in den letzten Tagen nicht mehr bei ihr gemeldet. Der Signalton des Laptops kündigte einen Skype-Kontakt an. Lena klappte das Gerät auf und das Bild ihrer Freundin baute sich auf. Die Qualität ließ sehr zu wünschen übrig, denn rund um Ria herum zogen sich leichte Bewegungsstreifen, sobald sie sich bewegte. Sie sah müde und abgespannt aus. Tiefe Augenringe zeichneten sich in ihrem Gesicht ab.
"Hey Ria! Warum hast du dich so lange nicht mehr gemeldet? Ich habe dir ungefähr tausend SMS geschickt?", überfiel Lena ihre Freundin.

"Ich war viel mit Nathan unterwegs." Ein breites Grinsen lag über ihrem Gesicht.

"Du hattest wohl auch nicht viel Zeit zum Schlafen?", fragte Lena spitzbübisch und zwinkerte in die Webcam. "Wart ihr alleine unterwegs, oder hat er dich in seinem Zirkel schon aufgenommen, ohne dass ich etwas davon weiß?"

"Wir waren nur zu zweit. Es ist seltsam, aber jedes Mal, wenn ich ihn darauf anspreche, meint er nur ich solle dich mitnehmen."

"Mich?" Erstaunt sah Lena ihre Freundin an. "Ich dachte da bahnt sich etwas zwischen Euch beiden an?"

"Das dachte ich auch. Bis zu der Nacht, in der ich dich vorgestellt habe. Seit dem fragt er dauernd nach dir."

"Aber treffen tut er sich doch mit dir?" Lena war verwirrt.

"Ja, das schon. Und wir reden auch viel und unternehmen was gemeinsam. Nur vergeht nicht ein Abend, an dem er nicht nach dir fragt." Ria gähnte ausgiebig.

"Wie meinst du das? Soll das heißen, du hast dich jeden Abend seit dem mit ihm getroffen?"

"Ja, habe ich."

"Wenn ich dich so ansehe, solltest du lieber mal wieder eine Nacht schlafen", stellte Lena fest.

"Das werde ich heute auch. Ich bleibe zu Hause. Lena?"

"Ja, was ist?"

"Willst du was von Nathan?" Angst, ihre Beste Freundin könnte die Frage mit einem JA beantworten, spiegelte sich in ihrem Gesicht.
"Ria, dich hat es ja voll erwischt", lachte sie. "Aber nein, ich will nichts von ihm. Er gehört voll und ganz dir", versicherte sie ihrer Freundin. Das Bildschirmmädchen gähnte wieder, setzte dann ein zufriedenes Lächeln auf und warf Lena eine Kusshand zu.
"Du bist eben doch meine Beste Freundin."
"Jetzt aber ab mit dir ins Bett!", befahl diese. Sie wünschten sich noch eine Gute Nacht. Als Ria sich bewegte, meinte Lena einen Lichtfaden zu sehen, der sich von ihr weg zog. Das Bild erlosch und sie klappte den Bildschirm nach unten. Sicher lag es an der Übertragung.
Lena schlief unruhig. Sie träumte von Lichtstreifen und einem schwarzen Loch, das alles zu verschlucken drohte. Ein Pochen wurde lauter und lauter. Sie schreckte hoch. Es dauerte einen Moment, bis sie das Pochen identifizieren konnte. Jemand warf Kiesel gegen ihr Fenster. Plötzlich hellwach, sprang sie aus dem Bett um zu sehen, wer ihr diesen Alptraum beschert hatte. Durch das geöffnete Fenster starrte sie in die Dunkelheit.
"Wer ist da?", fragte sie halblaut in die Nacht unter ihr.
"Ich bin es. Nathan", erklang die Antwort. Etwas bewegte sich aus der Dunkelheit der Gartenbepflanzung in Richtung Laterne. Es war dunkler als

die Nacht und feine Lichtfäden schienen auf die Gestalt zuzulaufen. Im Schein der Lampe stehend blickte es zu ihr hoch. Lena rieb sich die Augen. Sie konnte nicht glauben, was sie dort sah. Es war tatsächlich Nathan und auch wieder nicht. Reißzähne und Klauen blitzten im Licht. Sein Gesicht war hart und kantig und doch stand dort der junge Mann, den sie vor wenigen Tagen das erste Mal gesehen hatte. Als hätte jemand eine Folie mit einem Monster über das Bild eines hübschen Kerls gelegt. Gelesene Worte drängten sich mit Gewalt in ihren Kopf.

Bedenke, willst den Schutz du aufrechterhalten, so zeige weder Geste noch gib einen Laut über das, was sich dir offenbart. Schweige zu den Bildern der Welt, die sich vor dir auftut und nutze dein Wissen, um zu retten. Dich selbst, oder jene, welche deines Herzens sind.

Lena bemühte sich, sich nichts anmerken zu lassen, setzte ein unwilliges Gesicht auf und zwang sich ihn anzusehen.

"Was willst du hier, mitten in der Nacht?", fragte sie im Flüsterton nach unten. Das Wesen grinste zu ihr hoch und zeitversetzt verzog sich auch das Maul des Monsters zu einem breiten Grinsen.
"Dich besuchen. Komm runter, ich muss dir was zeigen", forderte er.
"Nathan, ich bin müde. Ich will schlafen. Zeig es mir morgen." Lena kämpfte mit ihrer Angst, die sich in ihrem Inneren immer mehr aufbauschte. Er durfte nicht bemerken, was sie sah.
Der Dämon überlegte kurz. Wenn er sich jetzt damit einverstanden erklärte, würde sie sich am nächsten Tag mit ihm treffen. Den Zorn, über die Abweisung, schluckte er hinunter. Ein bisschen konnte er noch warten. Das Band zu Ria war stark. Er hatte sie dazu gebracht, sich in ihn zu verlieben. Die Magie eines Herzens gab viel her.
"Gut. Ich hole dich morgen Abend ab." Lena wagte nicht, ihm noch einmal zu antworten. Sie fürchtete, ihre Stimme würde sie verraten. So winkte sie ihm vom Fenster aus nur zu, lächelte unbeholfen nach unten und schloss das Fenster. Durch die Gardinen sah sie, wie er noch einen Augenblick an der Laterne lehnte, bevor er ging.
Nathan wusste, dass sie ihn beobachtete. Er würde leichtes Spiel mit ihr haben. Immerhin konnte sie den Blick jetzt schon nicht mehr von ihm abwenden.
Lena zog hastig die Vorhänge zu und knipste die Schreibtischleuchte an. Beinahe panisch griff sie

nach Ekyrul. Mit zitternden Fingern blätterte sie durch die Seiten, um den Zauber zu suchen, der ihr das eingebrockt hatte.
"Verdammt! Wo ist es denn? Da muss doch noch mehr stehen." Resigniert warf sie sich in die Lehne des Stuhls. Das Buch lag mit einer unbeschriebenen Seite vor ihr. Feine Linien fingen an, sich über das Papier zu ziehen. Lenas Augen wurden immer größer. Worte formten sich.

Wo ist was? Was müsste wo noch stehen?

Erschrocken sah Lena, was vor ihren Augen geschah.
"Was passiert hier?"
Die Schrift veränderte sich, floss zusammen und formte sich zu einem neuen Satz.

Wir reden!

"Was zur Hölle bist du?"

Mein Name ist Ekyrul.

Lena glaubte zu träumen. Sie kniff sich in den Arm und ein Laut des Schmerzes entfuhr ihr. Sie hatte einen Zauber gesprochen der Nathan zu einem Monster hatte werden lassen, ein Buch beschrieb seine eigenen Seiten und sie war eindeutig verrückt geworden.

"Soll das heißen, du kannst mich verstehen?", fragte sie nach einigen Minuten, in denen sie stumm vor dem Buch gesessen hatte.

Ja, das kann ich.

"Dann sage mir, was ist passiert?"
Ekyrul erzählte seine Geschichte, bis zu dem Zeitpunkt, als Annalenas Vater ihr das Buch geschenkt hatte.
"Und was soll ich jetzt machen?", fragte Lena. Sie war verwirrt. "Ich meine, ich bin doch keine Hexe, oder doch? Wenn ich eine wäre, müsste ich dann nicht zaubern können?"

Du kannst zaubern. Dir fehlt nur die Übung.

"Das ist alles ein Scherz. Ein schlechter Traum. Morgen früh werde ich wach und alles ist wieder normal."

Annalena, du musst dich und deine Freundin schützen. Nathan ist ein Dämon, der

*in der Menschenwelt nur existieren kann,
wenn er die Magie anderer abzieht.*

"Ria? Sie ist doch keine Hexe!"

*Nein, das ist sie nicht. Es ist schlimmer.
Ria ist verliebt. Es gibt keinen stärkeren
Zauber, als die Liebe selbst, denn sie ist die
Quelle allen Lebens.*

"Aber wie kann ich uns schützen? Muss ich ihn umbringen?" Gebannt starrte Lena auf das Papier. Die Schrift floss hin und her bis sie sich wieder zu neuen Sätzen gebildet hatte.

*Du musst ihn bannen. Mit Blindheit
belegen. Wenn er kein Opfer mehr finden
kann, wird er in seine Welt zurückgezogen.
Schreibe den Zauber auf ein Stück
meiner Seiten, reiße es ab und drücke es ihm
auf die Stirn.*

Lena wartete, bis sich die Zeilen neu geformt hatten. Sie nahm einen Stift und schrieb sie so klein wie nur möglich in eine Ecke. Als sie den Spruch abriss, quoll blaue Tinte daraus hervor. Wie Tränen, oder Blutstropfen füllten sie das fehlende

Stück auf. Schwarz verfärbte sich die neu gewachsene Tintenecke.
"Entschuldige. Das wollte ich nicht."

Es musste sein.

In dieser Nacht fand Lena nicht mehr in den Schlaf. Sie wälzte sich von einer Seite auf die andere. Das Geschehene beschäftigte sie zu sehr. Den ganzen Tag über war sie unruhig und überlegte, wie sie es am Besten anstellen sollte, Nathan den Zauber aufzudrücken. Ihrem Vater entging die Unruhe seiner Tochter nicht. Die falschen Schlüsse ziehend dachte er, es läge an der Aufhebung des Ausgehverbotes. Je später es wurde, umso nervöser wurde Lena. Die Anspannung in ihr war ins Unerträgliche gewachsen, als es an der Türe schellte. Sie öffnete und blickte dem Nathandämon direkt ins Gesicht. Er grinste und ein durchsichtiges Maul, mit Fangzähnen und schmalen Lippen, zog ebenfalls die Mundwinkel nach oben.
"Wollen wir?", fragte er. Lena, der es bei dem Anblick den Atem raubte, zögerte. die gelben Augen des Monsterschattens sahen sie forschend an.
"Ich hole mir nur schnell meine Jacke", erwiderte Lena und verschwand hinter der Tür. Sie hatte den Papierfetzen aus dem Buch in der Hand, den sie in die Innentasche steckte. Das Kleidungsstück in der Hand, rang sie kurz um Fassung. In der Nacht,

unter der Laterne war Nathans Erscheinung furchteinflössend gewesen. Jetzt, da es dämmerte und sie sein Gesicht aus der Nähe gesehen hatte, löste sein Anblick blankes Entsetzen in ihr aus. Sie atmete tief durch, schlüpfte in die Ärmel und trat mit einem aufgesetzten Lächeln vor die Tür.
"Ich bin fertig", kündigte sie an. "Was gibt es denn so Interessantes, das du mir unbedingt gestern Nacht schon zeigen wolltest?"
"Ich habe einen Zauber entdeckt." Seine Stimme klang verschwörerisch, während sein Monstergeist sie gierig musterte. Nathan setzte sich in Bewegung und Lena ging neben ihm her. Er redete und deutete, ohne dass Annalena ihm wirklich zugehört hätte. Die leuchtenden Fäden, die aus allen Richtungen auf seine astrale Dämonengestalt zuliefen, flossen einfach um sie herum. Wie Nordlichter in Miniaturformat schwebten sie ausweichend vor und hinter ihr vorbei, bis sie ihr Ziel gefunden hatte. Lena konnte ihr Erstaunen über diese Dinge nicht ganz verbergen. Nathan bemerkte den Blick, der an ihrer Jacke hinuntergleiten zu schien.
"Was hast du?", fragte er mit gespielter Besorgnis. "Möchtest du es nicht sehen?"
"Was nicht sehen?", fragte Lena.
"Den Lichtzauber über dem Wasser. Wir haben doch gerade darüber gesprochen", erinnerte er sie an seine Worte. Der Monsternathan verzog sein Gesicht. Zornig sah er sie an und bleckte seine

messerscharfen Zähne, während Nathan seine Hände in den Hosentaschen ballte und sich beherrschte.
"Doch! Natürlich möchte ich ihn sehen. Entschuldige bitte meine Unaufmerksamkeit, aber ich mache mir große Sorgen um Ria. Sie sieht so mitgenommen aus in letzter Zeit." Nathan sah sie an. Er runzelte die Stirn und das Dämonenbild kicherte böse.
"Das liegt wohl an mir", gab er zu und blickte dabei auf den Boden.
"An dir? Wieso liegt es an dir?", fragte Lena. Ihr gespieltes Erstaunen hätte sogar ihr Vater für bare Münze abgekauft. Natürlich lag es an ihm. Er saugte sie aus. Verlegen zog Nathan die Schultern hoch und der Dämon amüsierte sich über sein Schauspiel.
Das läuft besser, als ich gedacht habe. Ich sollte einen Leitfaden schreiben, wie man Quellen am Besten einfängt, dachte er bei sich.
"Ich vermute, sie hat sich ein bisschen in mich verliebt." Lena sah ihn fragend an.
"Lass mich raten, du bist nicht verliebt?"
"Doch. Ich bin schon verliebt, aber nicht in Ria" gab er verschämt zu. "Sie ist ein hübsches Mädchen und ich mag sie wirklich sehr." Er machte eine Pause.
Ich weiß, dass du sie magst. Man könnte sagen, du hast sie zum Fressen gerne, dachte Lena. Nathan blickte vom Boden auf und sah ihr direkt in die

Augen. Die Gier der blitzenden Dämonenaugen lagerte sich über das Blau in Nathans. Sabber tropfte von den Fangzähnen und die silbernen Klauen waren in Position, sie zu greifen.
"Aber als ich dich gesehen habe, wusste ich sofort, du bist die Eine." Lena musste all ihre Beherrschung aufbringen, um sich nicht zu verraten.
"Ich habe dich auch sehr gerne", sagte sie und wandte den Blick dabei von ihm ab. "Aber Ria ist meine Beste Freundin, das musst du verstehen. Ich könnte ihr nie in dieser Weise wehtun." Sie biss sich auf die Lippen.
"Dann sagen wir es ihr einfach nicht. Wir könnten uns heimlich treffen", schlug Nathan in einer schüchternen Haltung vor, während der Dämon zum Sprung ansetzte. Lena drehte sich von ihm weg, um sich den Zettel aus der Innentasche holen zu können.
"Ich weiß nicht recht. Es fühlt sich so falsch an." Nathan kam zu ihr und drehte sie sanft in seine Richtung. Ein beklemmendes Gefühl stieg in Lena hoch. Sie begann sein Gesicht mit den Fingern der freien Hand zu streicheln und er schmiegte sich in ihre Berührung. Lena überlegte, wie sie den Zettel an seine Stirn bringen könnte. Sie war so nah am Ziel und doch noch so weit davon entfernt.
"Mach die Augen zu, ich möchte dich küssen", forderte sie und Nathan tat es. Er spitzte seine Lippen und das Maul des Dämons öffnete sich weit, als wolle es Lena im Ganzen verschlucken.

Sie nahm sein Gesicht und auch das Monster schloss die Augen für einen kurzen Augenblick. Dieser reichte Lena, um zu tun, weshalb sie sich mit ihm getroffen hatte. Rasch drückte sie den Papierfetzen auf seine Stirn, der sofort daran haften blieb und ging einen Schritt zurück. Entsetzt riss Nathan die Augen auf und blickte sie ungläubig an. Der Zauber fing an auf seiner Stirn zu glühen und in seinen Kopf hinein zu wachsen. Der Dämon wandte sich vor Schmerz, während Nathan starr vor ihr stand.
"Du elende Hexe!", schrie er plötzlich und schlug die Hände vor die Augen. Lena wich zurück, bis sie außer Reichweite stand.
"Komm her! Wo bist du? Ich werde dich vernichten!", schrie er. Jetzt wand auch Nathan sich, als hätte er Höllenqualen zu erleiden. Die Lichtfäden schwebten nicht mehr schwerelos zu ihm hin. Es sah aus, als würden sie sich straff ziehen, wie Seile an denen Gewichte hingen. Nathan riss die Hände von den Augen und die Dämonengestalt, die wie Nebel um ihn herumwaberte, schien in ihm zu verschwinden. Seine Augen fingen an zu glühen und sein ganzer Körper flimmerte. Die Lichtfäden spannten sich weiter und einer nach dem anderen riss. Wie Peitschenenden tanzten sie über den Asphalt und mit jedem Licht, das verschwand, verdunkelte sich Nathans Gestalt. Ein schrecklicher Schrei aus seiner Kehle hallte durch die Straße,

bevor er zu Staub zerfiel. Schlagartig explodierten die Straßenlaternen und dann war es ruhig.

Geschockt stand Lena einige Meter entfernt. Augenblicke vergingen, ehe sie begriff, dass es vorbei war.

Ekyrul war stolz auf die junge Hexe. Sich ohne Ausbildung einem Dämon entgegen zu stellen war schon eine Leistung. Annalena surfte weiter im Netz. Sie hatte plötzlich die passenden Passwörter für verschiedene Webseiten im Kopf, mit denen sie Zugang zu ganz anderen Informationen erhielt, als bisher. Und Ekyrul? Ekyrul ist immer noch bei ihr und hilft, eine gute Hexe aus ihr zu machen.

Ein Haus mit Garten

Ein wenig abseits des Dorfes, malerisch zwischen zwei Birken gelegen, mit Wald im Hintergrund und Feld und Wiesen vorneweg, findet man ein kleines Häuschen. Der schlichte Lattenzaun ist schon ein bisschen schief und auch verwittert. Sein Alter sieht man ihm deutlich an, so wie man es auch der Besitzerin ansieht. Eine Hexe soll sie sein, ungewöhnlich und seltsam in ihrem Wesen. Nicht wirklich eine Hexe im ursprünglichen Sinn, nur anders als die anderen, sei sie schon immer gewesen.
Eine Geschichte, auf die mich mein Chef angesetzt hatte. Zu Halloween gäbe es keinen besseren Aufhänger, als eine durch Gerüchte geformte Wahrheit, die man nur ein bisschen verdrehen musste, um sie lesertauglich zu machen.
Ich fragte nach, was es mit dem Ruf der alten Frau auf sich hätte und bekam vor Ort nur spärlich Auskunft. Eine Art Widerstand schien die Anwohner der Gemeinde befallen zu haben, als ich mich nach dem Grundstück am Waldrand erkundigte.
In der heutigen Zeit glaubte man doch nicht mehr an Hexen. Zumindest nicht in der Form, wie man es im Mittelalter getan hatte und auch noch vor hundert Jahren, oder doch?
Längst hatte die Märchenfigur ihren Schrecken verloren. Es war IN geworden, in die Rolle der verschiedensten Figuren angeblicher Verkörperun-

gen des Bösen zu schlüpfen und sogar totbringende Kreaturen, wie Vampire und Werwölfe mutierten in den letzten Jahren zu veganen Schmusetierchen. Die alte Dame, die auf dem Ödhügel ihr Zuhause hat, interessierte mich immer mehr, je weniger ich über sie erfahren konnte. Kein Strom, Wasser aus dem Brunnen, kein Radio, oder Fernseher, kein Telefon und nicht einmal eine Uhr hätte die Alte. Mehr konnte ich über sie nicht in Erfahrung bringen. Ich packte meine Utensilien zusammen und machte mich auf den Weg zu ihr. Was mich erwartete, wusste ich nicht. Es führte kein befahrbarer Weg über die Felder und Wiesen, weshalb ich mein Auto auf einem Parkplatz für Wanderer abstellte. Eine halbe Stunde sollte ich zu Fuß unterwegs sein, ehe ich das Haus erreichen würde. Ein seltsames Gefühl, einfach so zu jemand hinzugehen, ohne vorher anzurufen, oder auf anderem Weg bescheidgeben zu können. Nach einer viertel Stunde, also ungefähr der Hälfte des Weges, kam mir die Frage in den Sinn, was ich machen sollte, wenn sie nicht zu Hause war. Einfach umdrehen und wieder gehen, um es ein anderes Mal erneut zu versuchen? Was hatte man in früheren Zeiten gemacht, als es noch kein Telefon gab, als man nicht kurz mit einer SMS sein Kommen ankündigte, oder fragte, ob es denn überhaupt passte, dass man auftauchte? Damals war es in den ländlichen Gegenden nicht üblich ein Auto zu besitzen, was den Wegen zum gewünsch-

ten Ziel eine enorme Zeitspanne verlieh. Sicherlich hätte man nicht einfach umgedreht, wenn man stundenlang zu Fuß unterwegs gewesen war, um jemanden zu besuchen. Die Möglichkeit, auf den unwissenden Gastgeber zu warten war sicherlich eine Option.
Obwohl ich enorm teure und bequeme Sportschuhe an den Füßen hatte, machte sich der ungewohnte Fußmarsch querfeldein bemerkbar. Ziemlich aus der Puste gekommen, erreichte ich mein Ziel. Das letzte Stück auf den Hügel hinauf zeigte mir, wie schlecht meine Kondition eigentlich war. Das Gartentürchen stand offen und lud ein, in den hübsch angelegten Garten zu gehen. Stockrosen standen links und rechts des mit Kies ausgelegten Weges. Himbeeren und Brombeeren rankten sich an der Umzäunung und wechselten sich mit Rittersporn, Fuchsschwanz und Beinwell ab. Beete mit Kartoffeln, Salat, Gurken und Kohl lagen zwischen kleinen Trampelpfaden. Zwei Stufen führen über eine Veranda zur Haustür, neben der eine kleine Holzbank stand. Ich stieg auf die Holzplanken und klopfte artig an. Nichts rührte sich. Nach einigen Augenblicken, in denen sich nichts tat, lugte ich durch die Fenster. Vielleicht hatte die Frau das Klopfen nicht gehört. Ältere Menschen hörten ja meistens nicht mehr so gut. Am zweiten Fenster angekommen, kam ich mir plötzlich furchtbar neugierig vor. Es war keine Art, fremden Leuten durch die Fenster zu schauen. Ich

beschloss auf die Frau zu warten und nahm auf der Bank platz. Eine unvorstellbare Ruhe herrschte hier, abseits der Zivilisation. Vollkommen ohne Hektik, Straßenlärm und andere Menschen umfasste mich die idyllische Atmosphäre dieses Ortes. Die Zeit schien still zu stehen, als befände man sich außerhalb der Menschheit, die unter einer Glocke aus Terminen, Pflichten und festgelegten Abläufen gefangen war. Sonnenstrahlen kitzelten mich an der Nase. Ein ungewöhnlich warmer Herbsttag, was mir vorher gar nicht aufgefallen war.

Eine Silhouette löste sich aus den Baumreihen. Die Umrisse einer Frau mit einem Korb am Arm, die aus der Ferne auf mich zukam. Ich nahm eine aufrechte Position auf der Bank ein und beobachtete, wie sie sich gemächlich näherte. Sie schien nicht überrascht zu sein, jemanden auf der Bank vor ihrem Haus sitzen zu sehen. Ich stand auf und ging ihr entgegen. Am Gartentürchen begegnete ich ihr das erste Mal. Graue Haarsträhnen hatten sich aus dem Knoten auf ihrem Kopf gelöst und umrahmten das faltige Gesicht. Hellgraue, wache Augen, die eine Energie ausstrahlten, wie ich es noch nie gesehen hatte und ein freundliches Lächeln schienen mich wortlos zu begrüßen. Ich stellte mich vor und bot ihr an, den Korb zu tragen. Franziska lud mich ein, sie ins Haus zu begleiten.

"Sie haben sicher viele Fragen", stellte sie in den Raum, als ich mich in der gemütlichen, einfach

eingerichteten Küche gesetzt hatte. Der Holzofen wurde von ihr neu geschürt und Glut glomm auf, als sie den Schürhaken hineinstieß. Pechverschmiertes Astwerk, welches sie darauf legte, begann augenblicklich zu knistern.
"Wenn sie mir ein paar Antworten geben möchten, dann würde ich mich freuen", erwiderte ich.
"Möchten sie einen Tee?", fragte sie mich, ohne auf meinen letzten Satz einzugehen. Ich nahm dankend an und sie setzte einen alten Kessel auf die Kochplatte. Abwartend beobachtete ich, wie sie getrocknete Blätter in ein kleines Sieb legte, das passgenau auf einer Kanne platziert werden konnte.
"Fragen sie", forderte sie mich auf, während sie die Tassen für uns aus dem Küchenbuffet holte.
"Sie wissen, um was es bei diesem Halloweenreport gehen soll?"
"Das klingt, als würden sie ihn nicht aus Überzeugung schreiben wollen", stellte sie fest. Franziska kam auf mich zu und setzte sich zu mir an den Tisch.
"Ich glaube nun einmal nicht an Hexen", gab ich verlegen zu.
"Das macht überhaupt nichts. Nur weil man an etwas nicht glaubt, bedeutet es nicht, dass es das nicht gibt. Und umgekehrt, nur weil man an etwas glaubt, heißt es nicht, dass es existiert. " Sie musterte mich aus ihren wachen Augen.

"Wie kamen sie dazu, sich hier einzuquartieren? Ich meine, ist es nicht schwer, hier alleine zurecht zu kommen?", stellte ich meine erste Frage.
"Ah, die Frage nach dem Warum." Sie lächelte und die Falten um ihre Augenwinkel nahmen zu. "Sie wollen also die Geschichte hören, die hinter der alten Frau im Wald steckt." Ich nickte. Es war immer besser, die Leute von sich aus erzählen zu lassen, als sie mit gestellten Fragen zu bombardieren. Wenn Menschen etwas erzählen, dann sind es Dinge, die sie mit ihrer Umwelt teilen wollen. Aufmerksam hörte ich ihr zu.
Damals, als sie noch ein junges Mädchen war, lagen die Dinge meist so, dass Geld zu Geld heiratete. Ihre Familie war nicht besonders gesegnet gewesen, was das Finanzielle anging und so war es verwunderlich gewesen, dass ausgerechnet Franziska, als Tochter eines armen Bauern, ein Erbe bekommen sollte, mit dem sie ausgesorgt hätte. Eine weitschichtig Verwandte, von der die komplette Familie so gut wie nichts wusste, hatte sie in ihrem Testament benannt. Was genau das Mädchen erbte, war ein furchtbares Geheimnis, denn nur sie selbst sollte es erfahren, unter der Bedingung dieses Geheimnis für sich zu behalten. Es kamen die wildesten Spekulationen auf und obwohl sich sonst keiner für sie interessiert hatte, standen plötzlich die Bräutigame aus der ganzen Umgebung bei ihr an. Die Bauern gaben sich sozusagen die Klinke in die Hand, so zahlreich

waren die Besuche bei ihrem Vater. Großgrundbesitzer, Viehhändler, Großbauern und Züchter wollten sich des Erbes der jungen Frau durch eine Heirat sicher sein. Jeder ging von einem enormen Reichtum aus, den das Mädchen des geheimnisvollen Erbes in die Familie mitbringen würde.

"Warum sonst sollte es so furchtbar geheim sein, wenn es sich dabei nicht um mehrere Hektar Land, mindestens hundert Stück Vieh, oder einen ganzen Sack Goldgeld handelte?", wiederholte sie die Worte, die im Dorf geflüstert wurden. Franziska schenkte mir eine Tasse von dem Tee ein, nachdem sie das Sieb entfernt hatte.

"Pfefferminz aus dem Garten. Er schmeckt intensiver als der, den sie im Laden kaufen können", informierte sie mich, bevor sie mit ihrer Erzählung fortfuhr.

Die Besucher machten ungewöhnlich gute Geschäfte mit Franziskas Vater, der sich nur wundern konnte, wie dies alles sich ohne sein Zutun fügte. Bald schon hatte er mehr, als jemals zuvor. Sein Besitz verdoppelte sich innerhalb zwei Jahren und auch sein Vermögen fing an zu wachsen.

Eines Tages nahm er seine Tochter beiseite. Sie hatte sich in den zwei Jahren nicht für einen der zahlreichen Bewerber entscheiden können. Nun, da die Bauern ungeduldig wurden, konnte er es nicht mehr hinauszögern, sie einem von ihnen zu versprechen. Sein Ton war ruppig geworden, als sie

erneut sagte, sie wolle keinen der Burschen und er forderte von ihr eine Wahl zu treffen, bevor er dies für sie tun würde. Franziska aber schnürte in derselben Nacht ihr Bündel und verließ den väterlichen Hof. Sie wusste, dass sie sich nie von einem Mann würde abhängig machen müssen und auf die gierigen Bauernburschen, für die sie erst interessant geworden war, seit sich die Gerüchte ihre Erbschaft betreffend überschlagen hatten, konnte sie schon zweimal verzichten.
Sie war zwei Wochen unterwegs, ehe sie das Häuschen erreichte. All ihr Erspartes steckte sie in einen kleinen Beutel, nahm sich nur so viel davon, dass sie sich zu Essen kaufen konnte und suchte ein Versteck für den Rest.
"Seit dieser Zeit lebe ich hier und das ist auch der Grund, warum ich es tue."
"Dann ist also dieses Haus die geheimnisvolle Erbschaft?", fragte ich verdutzt.
"Es ist ein Teil des Erbes und doch beinhaltet es alles was ich geerbt habe." Forschend sah sie mich an. Fragend hatte ich meine Stirn in Falten gelegt. Es schien mir unmöglich, daraus so ein Geheimnis zu machen. Was war schon dabei, wenn ein junges Mädchen eine Hütte am Waldrand erbte? Sicher, es war nicht üblich und dennoch nichts, worum ein solches Aufhebens gemacht werden musste. Franziska betrachtete mich mit schief gelegtem Kopf.

"Sie werden das später noch verstehen." Ihr Lächeln floss wieder über ihre schmalen Lippen und sie ergriff meine Hand, um sie kurz zu drücken. Kalt und rau fühlten sich die Finger der alten Frau an.
"Sie sollten jetzt gehen, wenn sie noch vor der Dunkelheit an ihrem Auto sein wollen", sagte sie. Ich nickte, nahm den letzten Schluck aus der Tasse und verabschiedete mich. Den ganzen Rückweg musste ich über die Geschichte von Franziska nachdenken.
Eine Woche später stand ich wieder in der Redaktion. Mein Chef hatte mich zu sich zitiert. Die Geschichte der Hexe aus dem Waldhaus war ein Flopp gewesen. Er machte mir einen Vorwurf nach dem anderen. Schlecht recherchiert hätte ich und auch die Ausführung wäre alles andere als akzeptabel gewesen. Der von ihm erwartete Gruselhorrorhalloweenschocker hatte sich als Geschichte über ein einfaches Mädchen vom Lande entpuppt, dessen einzige Absonderlichkeit es gewesen war, nicht zu heiraten und in der Einöde zu leben.
"Nicht einmal dieses geheime Erbe konntest du lüften!", schrie er mich an. Den Regen an Schelte über mich ergehen lassend, wartete ich bis er geendet hatte. Wortlos stand ich auf und verließ den Raum. Es war seltsam, doch es regte mich in keiner Weise auf, was sich gerade zwischen uns abgespielt hatte. Innerlich ruhig stellte ich fest,

dass die Zeit gekommen war, mich von ihm zu trennen. Noch am gleichen Tag schrieb ich meine Kündigung. Es zog mich in das Dorf, zu der alten Dame, die ich besucht hatte. Ein paar Tage später stand ich wieder vor der Hütte. Niemand schien hier zu sein, also beschloss ich zu warten, wie ich es schon einmal getan hatte. Mein Blick glitt zu den Bäumen und ich erwartete dort in kurzer Zeit eine Silhouette einer alten Frau mit einem Korb am Arm zu sehen. Stattdessen näherte sich ein Umriss von den Feldern. Ein Mann kam auf mich zu. Anzug, Krawatte und Aktenköfferchen unter dem Arm geklemmt. Schon von weitem grüßte er mich. Völlig außer Atem kam er an der Bank vor dem Häuschen an.

"Es tut mir leid, dass ich so spät bin, aber ich habe den Fußmarsch hierher ein bisschen unterschätzt", entschuldigte er sich. Verwirrt gab ich ihm die Hand und bat ihn sich zu setzen.

"Franziska hatte mich schon informiert, dass sie heute hier auf mich warten würden. Oh wie unhöflich von mir. Ich habe mich noch gar nicht vorgestellt. Mein Name ist Bernhard Klopp. Ich bin Notar. Sie wissen ja bereits von dem Erbe, das Franziska ihnen hinterlassen hat, deshalb habe ich sie auch nicht mehr extra angeschrieben." Meine Verwunderung stand mir ins Gesicht geschrieben. Ich wusste nicht einmal, dass Franziska tot war, geschweige denn, dass ich etwas von ihr geerbt haben sollte.

"Es tut mir auch leid, dass ich sie mit dem Unterzeichen der Papiere jetzt so bedrängen muss, aber ich habe noch einen wichtigen anderen Termin." Er öffnete den Aktenkoffer und holte eine Mappe daraus hervor. Verschiedene Papiere lagen zur Unterschrift auf dem Deckel und er hielt mir den Stift entgegen. Wie benommen unterzeichnete ich an den angegebenen Stellen und erhielt eine wortgleiche Ausfertigung dessen, was ich soeben unterschrieben hatte. Der Mann verabschiedete sich rasch und setzte sich wieder in Bewegung. Verdutzt, nicht begreifend was gerade mit mir geschehen war, saß ich auf der Bank. Erst später las ich die Unterlagen durch.
Das Häuschen und alles, was sich darin befand, war nun mein Eigentum. Ein Umschlag lag bei, in ihm ein einzelner Satz.

"Der Reichtum liegt immer im Verborgenen, als Fundament für die Zukunft"

Auch ich werde nicht darüber reden, welches Erbe ich tatsächlich von Franziska erhalten habe. Meinen Job habe ich gekündigt und ich lebe seit dem in dem Häuschen am Waldrand. Mein Leben hat sich grundlegend geändert und auch meine Einstellung zu dem Thema, ob es Hexen wirklich gibt. Wenn Franziska keine Hexe gewesen ist, woher wusste sie dann, wann ich wieder auf der

Bank vor ihrem Haus sitzen würde und, dass ich das Erbe annähme?
Und wenn ich von meinem Erbe spreche, dann meine ich nicht nur das Häuschen mit Garten.

Im dunklen Wald

Frostig klirren die kantigen Eiskristalle, lösen sich und schneien auf den Boden. Der Federhut hat sie von den Ästen gestreift. Zu tief hängen die Arme der Bäume, um unberührt hindurch zu schleichen. Ein Schatten huscht durch das Halbdunkel in das Blickfeld des Jägers. Ganz still steht der Mann, bis zu den Waden im flockigen Neuschnee versunken, die Armbrust gespannt, die Augen starr in die Dunkelheit gerichtet. Mondlicht fällt auf die Lichtung, als die Wolken sein Antlitz freigeben. Leise knirscht die weiße Decke unter seinen Stiefeln, als er sein Gewicht in eine bessere Position verlagert. Langsam und flach atmend, um sich mit den weißen Wölkchen nicht zu sehr zu verraten, die aus seinem Mund strömen, wartet er im Dickicht des dunklen Waldes.
Ein Zeichen würde genügen, um ihm IHREN Standort zu verraten. Es erscheint ihm wie eine Ewigkeit, in der er bewegungslos verharrt. Kälte kriecht seine Beine hoch. Ein eisiger Windhauch jagt ihm eine Gänsehaut über den Rücken.
Dieses Mal darf sie ihm nicht entkommen.
Immer noch sieht er auf die Stelle, an der er den huschenden Schatten vermutet. Sanftes Leuchten beginnt sich dort seinen Weg durch die Dunkelheit zu bahnen. Es weitet sich aus und beschreibt schließlich die Silhouette einer Frau. Mit offenem Mund sieht er, wie sie anfängt sich zu bewegen.

Scheinbar schwebend gleitet sie über den gefrorenen Schnee auf die Lichtung. Der Mondschein fängt sich in ihren hellen, beinahe weißen Haaren, die in Wellen bis zu ihren Knöcheln über ihre schmalen Schultern fließen. Eisblaue Augen strahlen in ihrem Gesicht und die diamantene Krone spiegelt das Licht der Sterne. Plötzlich bleibt sie stehen, sieht sich um, als hätte sie ein Geräusch gehört. Wie ein verschrecktes Reh bleibt sie steinern stehen.
"Geh weiter", sagt er zu sich selbst und seine Stimme ist nicht mehr als ein Hauchen. So nahe war er seinem Ziel noch nie. Es fehlen nur noch ein paar Schritte und sie ist in Reichweite seiner Armbrust. Die silberne Pfeilspitze ruht, den Brustkorb der Frau anvisierend, in der Waffe. Runen sind in sie eingraviert. Besondere Zeichen, von denen sich die Hälfte der Bevölkerung den Tod dieser Königin verspricht. Das Herz muss er damit treffen, um eine Wiederkehr ihres Wesens zu verhindern.
"Geh weiter", wiederholt er die Forderung immer noch im Flüsterton. Die Gestalt dreht sich, um ihren Weg fortzusetzen. Jeder ihrer bedacht gesetzten Schritte lässt das angespannte Gefühl in ihm wachsen.
Als sie sich in Schussweite befindet, atmet er tief ein und lässt den Atem langsam aus seinem Mund strömen. Der Abzug klickt. Sie reißt bei dem Geräusch den Kopf in seine Richtung, blickt ihm

direkt in die Augen. Pfeifend rauscht der Pfeil auf sie zu und trifft. Die Gestalt taumelt einen Schritt zurück, bleibt stehen und sieht ungläubig auf den Schaft, der aus ihrer Brust ragt. Verständnislos fällt ihr Blick auf den Jäger, der sich zwischen den Büschen am Waldrand aufgerichtet hat. Blut färbt ihr hell leuchtendes Gewand. Ein Aufglimmen, ehe der Schein vergeht und die Königin der Hexerei leblos in den Schnee sinken lässt. Eine ganze Weile steht er noch so da, bevor er es wagt, sich seinem Opfer zu nähern. Ein Mädchen, kaum älter als sechzehn Jahre, liegt vor ihm in blutgetränktem Untergrund. Die Kleidung der eigenen Leute tragend liegt sie mit weit aufgerissenen, starr in den Himmel blickenden Augen anklagend auf dem kalten Boden. Er hatte es geahnt, dass Sie es nicht ist, wie er es schon viele Male ahnte. Eine Kriegslist derer, die alles unterdrücken. Nur ein weiteres Trugbild, auf das er hereinzufallen gezwungen war. Die Befehle sind eindeutig. jedwede Lichtgestalt ist zu töten. Zu viele wurden schon von IHNEN entführt und für ihre Zwecke missbraucht. Ohne freien Willen gesandt, um von den Eigenen ermordet zu werden.
Der Krieg würde heute Nacht nicht enden.
Gehässiges Lachen schallt aus dem Wald über die Lichtung. Die Armbrust im Anschlag fährt der Jäger herum, dreht sich hastig um die eigene Achse. Grelles Licht blitzt zwischen den Stämmen unzähliger Bäume hervor und erhebt sich zischend

in die Lüfte, um in der Dunkelheit der Nacht zu verschwinden. Er schnallt sich seine Armbrust auf den Rücken und nimmt den Leichnam des Mädchens auf. Die Schritte zurück ins Dorf fallen ihm schwer. Es ist nicht nur dieses eine Mädchen, welches auf seine Seele drückt. Eine einzelne Träne fließt über seine Wange, vergossen für ein weiteres unschuldiges Leben, welches er ausgelöscht hat.

Die Mühlenschenke

Vor kurzer Zeit, machte ich eine Erbschaft. Es war eine ansehnliche Summe Geld und ein Grundstück mit Immobilie, von einer weitschichtig Verwandten, die ich eigentlich kaum kannte. Eine Tante, an die ich mich nicht einmal erinnern konnte, weil ich sie als Kind das letzte Mal gesehen hatte. Andere Angehörige hatte sie nicht mehr und so fiel das Erbe an mich. Ich freute mich natürlich über den Geldsegen und beschloss, mir auch das Grundstück anzusehen, welches nun mir gehörte. Der Notar machte mir keine großen Hoffnungen, das Haus betreffend, welches sich noch auf dem Grundstück befand.
"Seit über zwanzig Jahren ist es schon unbewohnt. Mehr kann ich ihnen über den Zustand nicht sagen, aber Häuser, die so lange Zeit leer stehen, sind in aller Regel nicht mehr bewohnbar. Wenn sie Glück haben, reicht eine umfassende Sanierung. Im schlimmsten Fall, müssten sie das Gebäude abreißen und neu bauen."
 Ein Dorf im Bayrischen Wald war das Ziel meiner Reise, um mir mein Erbe genauer anzusehen. Einer jener Orte, an denen immer noch ein Tante Emma Laden existierte, so wie man sie von Früher kennt. Vor jedem zweiten Haus fand sich ein niedriger Holzzaun, an dem die schönsten Blumen wuchsen und in den Gärten standen Obstbäume, wie vor hundert Jahren. Beinahe so, als wäre die Zeit dort

stillgestanden und die Zivilisation hätte an den Grenzen der Gemeinde einen Stopp eingelegt. Es hätte mich nicht gewundert, dort in Tracht begrüßt zu werden. Schmunzelnd stellte ich fest, dass fast niemand Dirndl, oder Lederhosen trug. Zielsicher steuerte ich auf den kleinen Laden zu, denn in solchen Gegenden sind Tante Emma Läden besser, als jede Auskunft und jedes Informationszentrum. Jeder weiß alles von jedem in so einem Dorf und ich war mir sicher, dass man mir dort weiterhelfen konnte.

So erkundigte ich mich, nach einer freundlichen Begrüßung der Verkäuferin, nach der Adresse im Mühlengrund, wie sie mir benannt worden war.

"Was wollen sie denn dort?" Ein reservierter Blick traf mich über die Theke hinweg und erstaunte Augenpaare in noch erstaunteren Gesichtern der anwesenden Hausfrauen, folgten ihm.

"Ich habe das Grundstück geerbt und wollte mir das Haus darauf einmal genauer ansehen", gab ich unbedacht offen preis. Flüsterndes Gemurmel war hinter einem der hohen Regale zu hören. Das Gesicht der Verkäuferin nahm einen entsetzten Ausdruck an. Sie starrte mich an, ohne mir eine Antwort zu geben. Es wurde totenstill in dem kleinen Laden. Auch hinter den Regalen kam kein Laut mehr hervor.

"Wissen sie denn, wo sich dieses Grundstück befindet?", fragte ich nach etlichen Minuten des Schweigens. Die Gesamtsituation in dem kleinen

Laden hatte sich von einem freundlichen "Willkommen", zu einer unangenehmen Atmosphäre gedreht.

Ich überlegte kurz und kam zu dem Schluss, dass es mit der Benennung meines Erbes zu tun hatte. Nach weiteren zwanzig Sekunden bekam ich schließlich doch noch Antwort. Eine etwas dickere Frau, die neben der Verkäuferin ein Päckchen Butter in der Hand gehalten hatte, beschrieb mir den Weg.

"Sie müssen aus dem Dorf raus. Immer die Hauptstraße lang und bis zum Waldrand. Links geht dann ein Feldweg bis zum Mühlengrund. Sie können die Mühlenschenke gar nicht verfehlen. Der Weg wird allerdings schlecht befahrbar sein. Er wird nicht mehr benutzt seit..." Sie sprach nicht weiter und sah sich unsicher nach den anderen Frauen um, die ihr strafende Blicke zuzuwerfen schienen.

"Danke. Ich werde es schon finden", erwiderte ich. Ich wollte die Frau nicht weiter in Bedrängnis bringen. Ich verzichtete auf die Aufklärung der Bezeichnung Mühlenschenke, drehte mich um und verließ den Laden. Das drückende Gefühl, plötzlich nicht mehr Willkommen zu sein, hatte mich überhastet dazu gedrängt. Als ich im Auto saß, fragte ich mich, was das gewesen war. Die Menschen hier waren auf den Erben des Mühlengrundes augenscheinlich nicht gut zu sprechen, obwohl sie mich überhaupt nicht kannten. Ich startete den Wagen und folgte der Anweisung der dicken Dame. Alles war wie beschrieben. Am Waldrand bog ein Feldweg von der geteerten Straße nach links und führte durch einen Baumstreifen über eine wilde Wiese an eine Lichtung. Der Weg war schlechter als erwartet und ich musste an einigen Stellen zweimal hinsehen, ehe ich die überwucherten Spuren entdeckte. Dann, endlich ein Gebäude, welches durch die Stämme weißgrau hindurchschimmerte. Auf dem Kiesplatz, der wohl eine Art Einfahrt darstellen sollte, wucherte das Gras nicht ganz so üppig und ich stellte dort mein Auto ab. Wenn man sich nicht darauf konzentrieren musste die Reifen in der Spur zu halten, war es ein absolut idyllischer Platz, mitten in der Natur.

Erst, als ich vor dem Gebäude stand, nahm ich es wirklich wahr. Ich hatte ein verfallenes, kleines Hüttchen erwartet, um das sich seit Jahrzehnten niemand mehr gekümmert hatte, doch was ich sah, hatte mit meinen Vorstellungen nicht das Geringste zu tun. Größer, als in der Beschreibung und tadellos in Schuss, erhob sich zwischen den Bäumen ein Holzhaus, dem man von außen schon anmerkte, dass es als Schenke benutzt worden war. In meiner Tasche suchte ich nach dem Schlüssel, den der Notar mir überreicht hatte und steckte ihn schließlich in das silberne Schloss. Mit einem leichten Klacken schnappte der Zylinder zurück und die Tür gab mir den Weg in das Innere

frei. Staub lag auf den vier quadratischen Wirtstischen und den restlichen Möbeln. Urtümlich eingerichtet, wirkte der Raum, als hätte man sich mit dem Schritt über die Schwelle, in ein anderes Jahrhundert begeben. Ein Lächeln floss über mein Gesicht. Es war ein Schatz, den ich geerbt hatte. Ein wahres Kleinod. Sofort fühlte ich mich hier wohl. All meine Befürchtungen, die Immobilie wäre so baufällig, dass man sie nur noch hätte abreißen können, lösten sich in Luft auf. Neugierig inspizierte ich die restlichen Zimmer. Es gab eine gemütliche Küche, die wie ein Privatraum eingerichtet war und nichts gemein hatte mit den Gasthausküchen, die man kannte. Zwei Toiletten für die Gäste, einen Lagerraum, in dessen Regalen sich Einmachgläser und Marmeladentöpfe reihen und einen kleinen Privatraum, in den sich der Wirt zurückziehen konnte. Ein schmaler Flur, von dem aus man über eine Treppe in die erste Etage gelangen konnte, lag an der Rückseite des Gebäudes. Dort oben fand ich eine ebenso nett eingerichtete Wohnung. Der Kachelofen der Gaststube heizte die obere Etage mit. Ein Kaminofen, der bestimmt noch nicht alt sein konnte, stand in dem offen gehaltenen Wohnraum. Ich konnte mir nicht vorstellen, dass hier seit über zwanzig Jahren niemand mehr wohnen sollte. Schritte auf der Treppe rissen mich aus meiner Begeisterung.
"He da! Ist da wer?", dröhnte die Stimme eines Mannes lautstark an mein Ohr.

"Ja!", rief ich zurück. "Ich bin hier." Ich ging auf dem oberen Flur zum Ende der Treppe. Ein Mann, der auf der obersten Stufe stehen geblieben war, sah mir erstaunt entgegen.

"Was machen sie hier drinnen?", wollte er wissen.

"Oh, entschuldigen sie. Mein Name ist Marianne Hiebel." Freundlich lächelnd hielt ich ihm die Hand entgegen. "Und wer sind sie?" Er nahm sie an und drückte dabei fester zu, als ich erwartet hatte.

"Ich bin Johann. Ich kümmere mich ein wenig um das Haus seit...es nicht mehr bewohnt wird." Ich lud Johann ein, mir ein bisschen Gesellschaft zu leisten und mir von meinem Erbe zu erzählen, über dass er offensichtlich mehr wusste, als ich. Er war ein sympathischer Mann und bereitwillig erzählte er mir all die faktischen Dinge, die es zu wissen gab. Wir setzten gemeinsam den Stromgenerator in Gang und er zeigte mir, wie ich die Wasserpumpe betätigen konnte.

"Es ist ein altes Haus. Fließend Wasser und Stromversorgung gibt es hier nicht, wenn die Maschinen nicht laufen", klärte er mich auf. "Die Sickergrube müssen sie alle halbe Jahre leeren lassen, wenn sie vorhaben die Wohnung zu nutzen."

"Was ist mit dem Wasserrad an der Seite des Hauses?", wollte ich wissen. "Es sieht nicht so aus, als würde es jemals für irgendwas nütze gewesen sein. Ich meine, der Bach ist viel zu tief unten und ich glaube auch nicht, dass das Wasser reichen

würde um es in Gang zu setzten." Johann blickte mich ernst an.
"Es hat schon seinen Sinn, dass es dort ist."
"Und welcher Sinn wäre das?" Neugierig wartete ich auf eine Antwort, die mich zufriedenstellen würde.
"Das würden sie nicht verstehen. Lassen sie es einfach so wie es ist, dann passt das schon." Der freundliche Mann hatte einen mürrischen Gesichtsausdruck aufgesetzt. Da ich ihn nicht verärgern wollte, ließ ich es auf sich beruhen. Er schien mein einziger Freund zu sein, in diesem feindseligen Dorf. Das wollte ich mir nicht verscherzen.
"Gut, gibt es noch etwas, was ich über die Mühlenschenke wissen sollte?" Zu meinem Erstaunen bejahte er die Frage.
"Lassen sie nichts über Nacht draußen liegen, was man essen, oder trinken kann." Fragend sah ich ihn an. Johann deutete meinen Blick richtig und fuhr mit einer Erklärung fort. "Das Haus steht abseits und am Wasser. Sie könnten Ratten anlocken...und andere Viecher." Bei dem Gedanken an die grauen Pelztiere mit den nackten, langen Schwänzen schüttelte es mich.
"Gut. Ich werde darauf achten nichts Essbares liegen zu lassen." Nachdem ich hier noch nicht übernachten konnte, erkundigte ich mich nach einer Pension. Johann verwies mich ins Nachbardorf und verabschiedete sich. Ich beschloss, mein Erbe dort mit keiner Silbe zu erwähnen.

Am nächsten Morgen rief ich in der Firma an und verlängerte meinen Urlaub. Ich wollte mir alles noch einmal in Ruhe ansehen. An der Mühlenschenke angekommen inspizierte ich die Möbelstücke genauer. Geschirr war vorhanden und auch Tischdecken lagen sorgfältig gefaltet in den Schränken der Gaststube. Über den Tischen hingen Petroleumlampen. Meine Suche nach dem Brennstoff war erfolgreich und ich probierte die Lampen, eine nach der anderen aus, ob sie noch funktionierten. Ich freute mich so sehr über das alles, dass ich wie ein Kind durch die Räume ging und mir alles ganz genau besah. Es war, als wäre ich nach einer ewig langen Reise zurück nach Hause gekommen. Glücklich ließ ich mich auf das Kanapee fallen und löste damit eine kleine Staublawine aus. Lustig tanzten die Partikel in dem Sonnenlicht, das durch die verschmutzten Glasscheiben in die Stube strömte. Nie würde ich das Haus hergeben. Unter allen Umständen wollte ich es behalten. Einem inneren Impuls folgend, wechselte ich in den kleinen eingezäunten Garten. Johann hatte keinen grünen Daumen, was man dem Stück Erde deutlich ansehen konnte. Verwilderte Sträucher und überwucherte Zaunlatten, von denen man unter einer weiß blühenden Trichterwinde so gut wie nichts mehr sehen konnte. Vernachlässigte Beete, in denen Unkraut vor sich hin wuchs und moosbesetzte Trittsteine rundeten das Bild des optischen Hilferufs ab. Ein gutes Stück

Arbeit, welches auf mich wartete und ich entschied mich, es sofort anzupacken.
Es dauerte drei Tage, ehe ich das Haus in einen staubfreien Zustand versetzt hatte und noch einmal drei, um mich so einzurichten, wie ich es haben wollte. Kurzentschlossen kündigte ich meine Stadtwohnung und arrangierte den Umzug in mein neues Domizil. Mein Freundeskreis war nicht begeistert von meinen, in ihren Augen vorschnell umgesetzten Zukunftsplänen, freute sich aber, mich glücklich zu sehen. Tatkräftig packten sie mit an und so war alles in vier Tagen über die Bühne gegangen. Sie versprachen mich recht bald zu besuchen, als sie sich verabschiedeten. Ich kündigte auch meine Arbeitsstelle. Es war mehr ein Impuls, dem ich folgte. Ich mochte meine Arbeit und es gab keinen Grund sie hinzuschmeißen, was Überraschung bei meinen Kollegen auslöste und zugegeben, auch ich war überrascht, wie leicht mir die Entscheidung fiel. Die Mühlenschenke hatte mich gefangen. Ich konnte mir nicht mehr vorstellen, auch nur einen Tag nicht dort zu sein. Johann war jeden Tag bei mir, um nach dem Rechten zu sehen. Er half mir den Garten herzurichten und ich beantragte auf der Gemeinde das Teeren meines Zufahrtsweges.
"Sie sind die Anliegerin. Der Weg geht durch ihr eigenes Grundstück. Ich sehe keine Probleme darin. Wenn sie den Weg teeren möchten, dann können sie das tun", klärte mich der Beamte auf

und drehte den Bildschirm in meine Richtung. Ich riss die Augen auf. Mit dem Bleistiftende zeigte er mir ein Gebiet auf der Karte, mit dessen Umfang ich nicht gerechnet hatte.

"Was hältst du davon, wenn ich die Schenke wieder aufmache?", fragte ich Johann eines Abends. Wir saßen auf der neu angelegten Veranda und hatten eine Flasche Wein geköpft.

"Nichts!" Es war eine sehr knappe Antwort, deren Betonung, begleitet mit einem vernichtenden Blick aus seinen Augen, keinen Zweifel an ihrer Endgültigkeit ließ.

"Warum?", fragte ich, mehr um ihn zu reizen, als dass es mich wirklich interessiert hätte. Er überlegte einen Moment, bevor ich eine Antwort von ihm bekam.

"Du hast keine Erfahrung in der Gastronomie." Es klang mehr wie eine Frage, als eine Feststellung.

"Ich habe nicht vor hier zu kochen. Ich dachte an etwas wie ein Pub. Nur Getränke. Keine Speisekarte mit zwanzig Seiten", klärte ich ihn auf.

"Ich würde es lassen. Du weißt nicht, wie die Leute hier sind." Das war nicht wahr. Ich hatte in den letzten Monaten genug Gelegenheit gehabt festzustellen, wie die Leute waren. Verschlossen, eigenbrötlerisch, unfreundlich und furchtbar neugierig. Es war mir nicht entgangen, wie sehr sie sich das Maul über die Tatsache zerrissen, dass ich, eine Fremde, dieses Anwesen geerbt hatte.

"Es sind garstige, neidische, missgünstige Biester." Schelmisch grinsend sah ich ihn an. Johann lachte. "Ich habe dich unterschätzt. Du kennst sie wohl besser, als ich gedacht habe." Grinsend sah er mich an, nahm einen tiefen Schluck aus dem Glas und schenkte mir nach.
"Denkst du nicht, das ist Grund genug keine Schenke zu betreiben?"
"Vielleicht." Ich legte den Kopf schief und lächelte.
"Jo?"
"Was denn?"
"Warum sind die Dorfbewohner so seltsam, wenn es um die Mühlenschenke geht?" Er atmete tief durch. Sein Zögern steigerte meine Neugierde und ich wartete gespannt auf seine Erklärung.
"Es sind Geschichten", fing er an.
"Welche Geschichten?"
"Geschichten aus alten Zeiten. Es gibt einen Grund, warum die Menschen so reagieren." Mit beiden Händen umfasste er das Weinglas und sein Blick versank in der roten Flüssigkeit.
"Ich will ihn wissen", forderte ich ihn auf, weiter zu erzählen.
"Es heißt, in alter Zeit, als die Schenke noch in Betrieb war, hat der Müller seine Kundschaft betrogen. Das lag aber nicht an ihm, sondern an seiner Frau, die eine Hexe gewesen sein soll. All das Geld, welches er unrechtmäßig mit gestrecktem Wein ergaunert hat, läge irgendwo in der Erde vergraben. Vor seinem Tod soll er gesagt haben,

dass er erst dann Ruhe finden würde, wenn alles wieder dort sei, wo es hingehöre."
"Du meinst, es spukt hier?", fragte ich ungläubig nach.
"Die Menschen glauben es zumindest. An seinem Todestag könne man den alten Mühlenschenk auf den Wiesen wandern sehen, heißt es."
"Wann ist dieser Todestag?"
"Heute." Ernst sah er mich an.
"Hast du ihn schon einmal gesehen?", fragte ich scherzhaft. Ich glaubte nicht an solche Geschichten.
"Ja, das heißt nein. Ich weiß nicht, was ich gesehen, oder nicht gesehen habe."
"Dann gibt es keinen Beweis dafür." Ich lenkte das Gespräch auf ein anderes Thema.
"Und ich muss mich korrigieren, was die Dorfbewohner angeht. Sie sind auch noch furchtbar abergläubisch. Ich sollte mir eine schwarze Katze zulegen." Der Abend verlief trotz meiner eingestreuten Witze angespannt. Johann verließ mich nicht, ohne mich zu ermahnen, ich solle über Nacht nichts draußen stehen lassen und gut absperren, wenn ich ins Haus ging.
Meine Gedanken kreisten um die Mühlenschenke und was ich letzten Endes mit ihr anfangen könnte, außer darin zu wohnen. Den Rat abzusperren beherzigte ich, den Rest Wein in der Flasche vergaß ich aber vom Tisch zu nehmen.

Erst am nächsten Morgen fiel sie mir wieder ein und ich ging auf die Veranda. Sie war voll. Verwundert besah ich die Flüssigkeit, die sich über Nacht darin angesammelt hatte. Probeweise goss ich etwas davon in ein Glas. Es sah aus wie Wein und roch auch so. Ich überlegte, ob es hineingeregnet haben konnte und stellte fest, dass die Holzbohlen trocken waren. Auch auf dem Tisch befand sich keine Nässe. Ich konnte mir nicht erklären wie sich der Wein vermehrt haben sollte. Ein bisschen unheimlich war mir schon zumute und ich leerte den Inhalt der Flasche in den Ausguss.
Vielleicht hat Johann sich einen Scherz mit mir erlaubt, weil ich die Flasche hatte stehen lassen, auch wenn ich es für schlicht unwahrscheinlich hielt, dass er in der Nacht noch einmal zurückgekehrt war. Eine andere Erklärung fand ich jedoch nicht.
Am Nachmittag klappte ich mein Notebook auf und begab mich auf Spurensuche im Internet. Ich hatte mir das Gerät neu gekauft und den Internetstick mit der Beteuerung des Verkäufers, ich hätte zu Hause guten Empfang, mit angeschafft. Es dauerte nicht lange, bis ich fündig wurde und die Geschichte über den Mühlenschenk fand, der alle betrogen hatte. Ein wenig verunstaltet, konnte jeder sie in einem Blog lesen, der von einem gewissen Mysterious Prophet geschrieben war.

"...so starb der Gauner, in seiner letzten Stunde, all seine Sünden bereuend und sich selbst nach dem Tod mit einem Fluch an die Mühlenschenke kettend. Seine Frau, die Hexe, wurde ein Jahr danach verbrannt, weil sie sich weigerte die Wiedergutmachung einzulösen und ihrem Gatten die ewige Ruhe zu geben. Leider fehlt der Teil der Dorfchronik, welcher die nächsten Besitzer erklären würde. Die Seiten sind einfach verloren gegangen, wozu man sich Gedanken machen kann. Der Glaube, die Familie des Mühlenschenks hätte sie wieder in Besitz genommen, ist jedoch sehr nahe liegend, da das Anwesen von Generation zu Generation an seltsamerweise im Dorf unbekannte Verwandte vererbt wird. Die letzte Hexe ist nun gegangen und eine neue bereits eingezogen. Wie zuvor ist auch diese Frau nicht bekannt im Dorf und wurde auch noch nie zuvor in dieser Gegend gesehen. Wie es der Familientradition entspricht, hat auch sie sich dort eingenistet und wird die nächsten hundert Jahre ihren Allerwertesten nicht mehr von der Stelle bewegen, bis auch sie nach erfolgloser Suche nach dem vergrabenen Schatz stirbt und eine Nachfolgerin an ihre Stelle rückt."

Eine sehr dunkle Zukunftsprognose mit einer noch finsteren Beschreibung meiner eigenen Person. Ich wusste nicht recht, was ich von diesem Text halten sollte. Offensichtlich stammte er von jemand, der sich mit dem Geschichtsarchiv des

Dorfes auskannte und dennoch, zumindest was mich betraf, haltlose Behauptungen aufzustellen wagte. Meine Neugierde über die wirkliche Vergangenheit meines Erbes wuchs. Ich begann zu forschen und stieß schließlich beim Pfarrer der Gemeinde auf helfende Hände. Ich hatte nicht erwartet, ausgerechnet von ihm Hilfe zu bekommen, da das gesamte Anwesen an die Gemeindekirche gefallen wäre, hätte ich das Erbe ausgeschlagen. Meine Wenigkeit war der Grund, warum er es nicht zu den Besitztümern seines Areals zählen konnte. Ich an seiner Stelle, wäre nicht so erfreut gewesen mich zu sehen.
"Ich habe so viel Humbug gelesen, über das Grundstück, das Haus und die Familie, dass ich jetzt gerne die Wahrheit erfahren würde, vor allem über meine eigenen Wurzeln, die mich hier hergeführt haben.", endete ich den Vortrag meines Anliegens. Der Pastor führte mich in den Keller, in dem viele alte Schriften lagen. Geburt, Heirat, Tod. Ich könne mir Zeit lassen, so viel ich wolle, meinte er und ließ mich mit einem Lächeln zwischen verstaubten Regalen stehen. Es dauerte lange, bis ich einen Ansatzpunkt gefunden hatte, doch dann war er da. Es stellte sich heraus, dass es sich scheinbar immer um die gleiche Familie handelte, die in der Mühlenschenke lebte. Die Namen waren stets miteinander verwoben. Dann brach das Netz plötzlich ab. Der Mühlenschenk und seine Frau waren die letzte Verbindung. Meine Hoffnung

versank im Gewirr der alten Bücher, die mir keinen Hinweis mehr geben wollten, wie es danach weiterging. Einem Instinkt folgend, griff ich nach einem Buch mit blauem Einband. Ich konnte die Schrift kaum entziffern, so verschnörkelt und alt war sie. Es waren Erzählungen, Dokumentationen und Aufzeichnungen über alte Grundstücksverteilungen. Eines der Blätter fiel mir besonders ins Auge und ich inspizierte es sorgfältig. Schritte kamen die Treppe zum Keller herab und ich riss die Seite kurzentschlossen aus dem Buch und steckte sie hastig in die Gesäßtasche meiner Jeans. Rasch klappte ich das Buch zusammen und schob es wieder an seinen Platz. Mit großen Schritten eilte ich zu dem Tisch zurück, auf dem das letzte Buch noch offen lag.
"Wie geht es ihnen?", fragte der Pfarrer, der gerade durch die offene Tür getreten war. Ein Gefühl in mir meldete sich. Es war eine Warnung, ihm nicht die Wahrheit zu erzählen.
"Nicht wirklich gut", antwortete ich.
"Dann sind sie nicht fündig geworden?"
"Die Aufzeichnungen reißen mit dem Mühlenschenk und seiner Frau ab. Ich weiß nicht, wo ich weitersuchen soll. Mir fehlt die Verbindung zu den nachfolgenden Namen."
"Das ist schade." Sein Gesicht spiegelte nicht das Bedauern, das seine Stimme mich glauben machen wollte. Ich bedankte mich ausgiebig für die Freundlichkeit und das Entgegenkommen, mich

hier suchen zu lassen und lauschte mit gespielter Aufmerksamkeit seinen Ratschlägen, als wir die Treppe hinaufstiegen.
Wieder zu Hause, erwartete mich Johann, der auf der Veranda saß.
"Wo warst du?", fragte er und ich hörte die Besorgnis in den Worten.
"In der Kirche. Das heißt, eigentlich darunter."
"Darunter?" Ich erzählte ihm von meiner Forschung und dem niederschmetternden Ergebnis.
"Warum machst du das?" Die Augenbrauen zusammengezogen musterte er mich.
"Weil ich es wissen will. Ich will wissen, was wirklich an dieser Geschichte dran ist."
"Es sind dumme Fantastereien, sonst nichts." Seine Stimme klang beinahe ärgerlich. Meine Gedanken kreisten um das gestohlene Blatt Papier. War es schlau, es ihm zu zeigen? Sicher war es besser, wenn ich noch eine Weile warten würde, bis ich mir selbst über den Inhalt im Klaren war. Erst spät in der Nacht machte er sich auf den Heimweg und ich war zu müde, um mich noch mit der alten Schrift zu beschäftigen, weswegen ich den Zettel erst am nächsten Morgen studierte. Aus den Aufzeichnungen ging hervor, dass des Müllers Reichtum erst mit der Hochzeit begonnen hatte. Nach und nach kaufte er die umliegenden Grundstücke auf, die sein Vermögen nur noch zu vermehren schienen. Es waren wage Beschreibungen und wilde Vermutungen, die dort festgehalten waren. Der

Kauf des letzten Grundstücks brachte einen Einbruch seiner sonnigen finanziellen Lage. Zwar besaß er ungeheuer viel Grund und Boden, seine baren Mittel schienen jedoch erschöpft. Gab es doch einen Schatz, der irgendwo auf dem Grundstück vergraben lag? Ich besah mir die minimalistisch ausgeführte Zeichnung, die am unteren Ende der Seite angebracht war. Es betraf das Grundstück, welches den Zufahrtsweg und den Kiesparkplatz beinhaltete. Der Gedanke, dass dort eine Kiste mit Goldstücken lagern könnte, ließ mich nicht mehr los.

Nach den ersten Versuchen durch den geschotterten Boden zu kommen, legte ich resignierend Hacke und Schaufel zur Seite. Ich wischte mir den Schweiß von der Stirn und sah Johanns Auto den Weg entlang fahren. Vor mir anhaltend, parkte er knapp neben der Stelle, an der ich versucht hatte zu graben.

"Was machst du da? Suchst du den Schatz der Mühlenschenke?", fragte er sichtlich amüsiert.

"Wie kommst du darauf?", wollte ich wissen. Ohne mir eine Antwort auf meine Frage zu geben, blieb er neben mir stehen.

"Hier liegt er nicht." Seine Hand zeigte in einer ausladenden Bewegung über den gesamten Kiesplatz. "Der ganze Platz wurde schon einmal umgegraben. Sogar mit Baggern. Später füllte deine Tante ihn mit Kies auf um ihre Suche als

Parkplatzbau zu tarnen." Verdutzt sah ich ihm in die Augen.
"Glaubst du daran? Ich meine, an den Schatz?" Er nahm mich bei der Hand und führte mich zur Veranda.
"Sieh dir das ganze Land an, das dir gehört. Was denkst du, ist es wert, wenn du es verkaufen würdest?"
"Ich habe keine Ahnung."
"Wenn es einen Schatz gibt, dann glaube ich, dass er in all dem Grund und Boden besteht, der die Mühlenschenke umgibt." Mein Blick glitt über das Areal der Wiesen, die wild wuchernd und wachsend vor mir lagen. Eine völlig andere Frage machte sich in meinem Kopf breit. Was wollte ich mit all dem Grund überhaupt anfangen?
"Wenn alles wieder an seinem Platz ist", flüsterte ich vor mich hin.
"Was hast du vor, Hexe?", fragte Johann mich. Er sah mich mit einem Gesichtsausdruck an, den ich nicht deuten konnte. Er hatte mich Hexe genannt, was mir in irgendeiner Weise gefiel.
"Ich denke, ich werde ein bisschen zaubern." Lächelnd löste ich mich und ging ins Haus. Johan folgte mir und setzte sich zu mir an den Tisch, auf dem das Blatt mit den Aufzeichnungen lag.
"Das hier sind die ursprünglichen Besitzer. Jeder Landkauf ist hier verzeichnet." Johann nahm das Papier in die Hand und überflog es.

"Das kannst du lesen?", erstaunt zog er die Augenbrauen nach oben. "Und was machst du jetzt mit diesem Wissen?"
"Ich werde es nutzen", antwortete ich.

Was dann geschah, war irrational, unrentabel und nicht logisch erklärbar. Ich folgte meinem Gefühl. In den nächsten Wochen schenkte ich die Grundstücke all jenen Familien zurück, die noch ansässig waren und den Boden ihrer Vorväter haben wollten. Die restlichen Landflächen verpachtete ich zu einem höchst niedrigen Preis. Die Mühlenschenke wurde wieder eröffnet und wurde, wieder allen Erwartens, ab dem ersten Tag gut besucht. Der Name hat sich in den Reihen der Dorfbewohner zwar geändert, doch es macht mir nichts aus ein Wirtshaus zu führen, das man ZUR GUTEN HEXE nennt. Zwei Jahre später haben Johann und ich geheiratet. Manchmal sitzen wir noch auf der Veranda und trinken ein Glas Wein und wenn die Flasche stehen bleibt, was denkt ihr was in der Nacht damit geschieht?
Nein, ich musste bisher nichts mehr in den Ausguss jagen.

Dreizehn

13 braucht es dich zu finden.
13 Knoten dich zu binden.
13 Riemen trägt mein Herz.
Gut versteckt im tiefen Wald,
wo es dunkel ist und kalt,
ist vergraben all mein Schmerz.

13 Diamantentränen,
die in Goldgeschmeide lehnen.
13 Rubine meines Blutes.
13 Münzen, Silbergulden,
die mir 13 Feen schulden,
13 Scheffel reinen Mutes.

13 Blätter von den Bäumen,
die den Weg zum Hause säumen,
wandeln sich in pures Gold.
13 Klafter tief vergraben,
wo, das wissen nur die Raben.
Reicher Lohn für den, der 's holt.

13 Mal jedoch gib Acht,
denn es ist nur eine Nacht,
Wo den Schatz du kannst auch heben,
oder zahlst ihn mit dem Leben.

240

Rechtliche Hinweise

Dieses Werk ist urheberrechtlich geschützt. Alle Rechte, auch die der Übersetzung, des Nachdrucks und der Vervielfältigung des Werkes, oder Teilen daraus,
sind vorbehalten.
Kein Teil des Werkes darf ohne die schriftliche Genehmigung der Autorin in irgendeiner Form (Fotokopie, Mikrofilm, oder ein anderes Verfahren), auch nicht für Zwecke der Unterrichtsgestaltung, reproduziert, oder unter Verwendung elektronischer Systeme verarbeitet, vervielfältigt, oder verbreitet werden.
Namen und Handlungen sind teils frei erfunden.
Bei übernommenen Erzählungen befinden sich die Rechte an der Geschichte bei der Autorin. Darin enthaltene Namen wurden aus datenschutzrechtlichen Gründen geändert.

Texte, Inhalt, Covergestaltung und Illustrationen
© 2016 by M.G.St / Miss Gabriele Steininger / alias Missi St. Gabriel

Mehr von M.G.St. finden Sie unter:

www.magic-good-stories.de

Die Geschwister Marc und Aura sind auf Wheed groß geworden. Eine Welt, deren Geschichte von Mythen und Legenden erzählt wird und die einst ihre eigene Magie besaß.
Eine Uralte Prophezeiung über den Zeitpunkt, an dem ein auserwählter Wahrer erscheinen wird, um diese Magie wieder zurück zu holen, ist Anlass für einen Wettlauf mit der Zeit. Wächter und Riege, die Jahrhunderte im Verborgenen agiert haben, sind nun auf der Suche nach dem Einen.

ISBN: 9-7837-4122-8599

Die Autorin

1977 in der kleinen Stadt Bad Kötzting geboren und im Landkreis Cham in der Oberpfalz aufgewachsen, entdeckte die Autorin Gabriele Steininger schon im Kindesalter ihre Affinität zum geschriebenen Wort. Bislang ist sie dem Landkreis mit ihrem Wohnsitz treu geblieben.

In mehreren Genres unterwegs, verwendet sie verschiedene Pseudonyme, unter denen sie ihre Bücher als unabhängige, selbstpublizierende Autorin erstellt. Vom Cover bis zum letzten Satz designt sie ihre Werke im Alleingang und ist stolz darauf, auch ohne Verlage ihren Weg in der literarischen Welt zu beschreiten.

Ihre Werke sind ein echter Geheimtipp für all jene, die es nicht 08/15 mögen. Limitierte Sonderausgaben ohne ISBN sind ein besonderes Projekt, welches ihre Werke außergewöhnlich macht.

Eine Autorin mit vielen Facetten, auf deren kommende Bücher sich die stetig wachsende Leserschaft freuen darf.